# 二度のお別れ

黒川博行

角川文庫
20579

# 1

風呂《ふろ》あがり、やっとありついた晩飯。冷めたアサリの吸物をひとすすりして、さてこれからと箸《はし》をとりあげた時、電話が鳴った。反射的に壁の時計を見る。もう午後十時、こんな時間の電話にろくなものはない。

「おーい、電話やでー」

ちょっと振り向けば受話器に手が届くもののなぜかおっくうで、隣の部屋にいるはずの佐智子《さちこ》に声をかけた。返答がない。代わりに、ザーッと水の走る音のするところをみれば、残り湯で洗濯でもしているのだろう。

「えーい、しゃあないなあ」

受話器をとる。「はい、黒田《くろだ》です」

「黒さんか……わしや、村橋《むらはし》。帰ったばっかりでしんどいやろけど……」

抑揚のない嗄《か》れた声を聞いた途端、私はまだ未練がましく手にしていた箸を放り出した。出動命令である。

「うん、そや、北淀川《きたよどがわ》署や。先に現場、寄ってくれへんか。他の連中にも連絡しとく。わしも手が空《す》いたら行くよって」

「ほな、いますぐ出ますわ。一時間もせんうちに着きます」

これからの外出が決して本意ではないということを、直属上司である村橋に気付かれないよう努めて平静な口調で喋《しゃべ》ってはいたが、眼と眼の間がせまくなり、唇がへの字に曲がるのまで隠す必要はなかった。

実際、私は疲れていた。もう十日ほども前になろうか、羽曳野《はびきの》で発生したガソリンスタンド強盗事件の犯人をその翌日にあっけなく逮捕したのはいいが、この犯人、お定《き》まりのように供述を二転三転させる。その度に、こちらも裏付け捜査のため右往左往させられる。今日も夜の八時まで富田林《とんだばやし》近辺の自動車修理工場を巡り歩いていた。

「もう堪忍してえな」

ひとり呟《つぶや》いて食卓上の小型テレビのスイッチを切った。

こんな遅くに私を駆り出す原因となった事件は、さっきから何度もくどいほどテレビ、ラジオで報道されている。

新幹線、新大阪《しんおおさか》駅の北にある三協《さんきょう》銀行新大阪支店に強盗が侵入し、いあわせた男の客一人を拳銃《けんじゅう》で撃ち、そのまま人質として連れ去ったというのがそのあらましである。強奪された金は四百万円。人質を連れ去ったことと、その消息がまだ摑《つか》めないということが、事件を大きく取り扱う理由となっている。

「おーい、佐智子、お呼びがかかった。出掛けるで。帰りはまた連絡するから」

残りの吸物を一気に飲みほして立ち上った。まだ温かみの残っている靴に充血した足を滑り込ませる。「男はつらいよ」と、ひどく陳腐な言葉を吐きながら。


阪急茨木《はんきゅういばらき》駅から梅田《うめだ》駅、地下鉄に乗り換えて新大阪駅、改札口を出て北へ歩くこと十分。もう十一時を過ぎているのに、そのビルだけは煌々《こうこう》と明りが点《とも》り、周辺に多数のヤジ馬がたむろしていることで、遠目にも、そこが事件の現場、三協銀行新大阪支店であると知れた。テレビ中継車が二台、その大きな図体《ずうたい》を反対側車線に横たえており、局員が歩道上に大仕掛けな望遠カメラをセットして、関係者の動きを追っている。

新大阪支店は、二階建鉄筋コンクリート。ブラウン管を通して見た感じよりずっと小さく、三協銀行各支店の中でも小規模な店舗と思われた。南側が玄関で、六車線の広い道路に面し、西側を中古車センター、東と北を住宅展示場に囲まれている。

一帯はビジネス街でもなく、住宅地でもない。目立つ建物といえば、新幹線利用の出張族をあてこんだワンルームマンションと、高い塀をめぐらせた学校だけ。あとはフェンス囲いの空地と、露天の駐車場がそこここに点在している。これでは昼間の人通りもあまり多くないだろう。

ともかく、押し入るには格好の条件が揃っていた。

紙芝居のおっちゃんを見つけた子供のように、顔見知りの記者連中が走り寄って来て、私をとり囲んだ。

「黒田はんのお出ましでっか。何か新しいネタ持ってはりませんか」

私がお出ましになったところでどうってことない。第一、来たばかりの私より記者連中の持ちネタの方が多いに決まっている。

「わし、まだテレビニュースで見たことしか知らんのや。ちょうどええわ、経過をかいつまんで教えてくれ——いや、いま分ってる範囲でええから」

「それやったら話が逆ですがな。黒田はんにかかったらわやにされる。……ま、よろし、報告しまひょ。その代わり、あとでええネタ頼みまっせ」

「あとのことはどうでもええから、早《は》よう説明してくれ」

情報に飢えている記者相手だと、私も少しは強い立場にある。

「もう、しょうないなあ、しっかり聞いて下さいよ」

中で一番年かさの記者がしぶしぶ語り始めた。


その日、四月一日は朝から小雨がパラついて、本格的な春の到来がまだ程遠いことを感じさせるような寒さであった。

銀行内は三月の決算期を越え、昨日までの戦場のような忙しさが嘘のように静まりかえり、全てが平常に戻っていた。

午前中の客の波が少しひいて、そのことがそろそろ昼食時であることを知らせる十一時三十四分、強盗が侵入した。犯人は自動扉が開いて行内に足を踏み入れるや、拳銃を天井に向けて二発たて続けに発射した。パーン、パーン、と何か気の抜けたような軽い音であったが、天井の石膏《せっこう》ボードに穴があき、そのかけらや粉が降るのを見て、行内は騒然となった。

犯人は入口附近に立ち、スッポリとかぶったマスクのために丸くなった頭を小刻みに動かして行内を睨《ね》めまわす。

「ゼニや、ゼニ出せ。あるだけの金かき集めてカウンターの上に置け。早ようせい。他の奴らはその場に伏せんかい」

喚《わめ》きながら正面のカウンターまで走って、出納《すいとう》係に拳銃を突きつけた。もちろんこの時、北淀川署とのホットラインは作動していたし、防犯カメラもまわっていた。出納係は十九歳の女性で、あまりに突然の出来事にすぐには動けない。銃を突きつけられるまま、呆然《ぼうぜん》と両の手を上げていた。

「何しとんねん。誰が手を上げ言うた。ゼニを出すんや、ゼニを。早よう出さんとほんまにぶち殺すぞ」

と、一歩踏み込んだ。その時、犯人のうしろ、三メートルほど離れた地点から男がとびかかった。ほんの一、二秒揉《も》みあったあと、バーンと今度は少し鈍い音がして、とびかかった男はその場にくずおれた。押さえた腹からは、血がしたたり落ちて床を赤く染める。その光景を見て行内は蜂の巣をつついたような騒ぎになった。

「やかましい、静かにせんかい。ゴチャゴチャ言う奴は、こいつのようになるんやぞ。分ったらじっと伏せとけ」

行内を見渡してそう叫ぶと、出納係の方に向き直って、また銃を突きつけた。出納係は目の前で人が撃たれたものだから、恐怖の頂点に達したらしく、がむしゃらに金を積みあげる。犯人はその金を腹巻にねじ込んでいる間も、

「もっと出せ、もっと出さんかい。一人やるんも二人やるんもいっしょやど」

と、決まり文句を並べ立てていた。思わぬハプニングであったが、人を撃つことによって生じた恐怖は、犯人にとってより好ましい状況を作り出していた。もう誰も歯向いはしない。ただ犯人の言うがままであった。

「もうええ、そんな小ゼニはどうでもええ、ええからおまえ、こっちへ出て来い。早よう出て来んかい」

喚きながら、出納係の腕を摑もうとカウンター越しに手を伸ばした。十九歳の娘にとってこれが本当の限界だった。悲鳴をあげて後ずさりする。

「このガキ、何さらすねん」

犯人はカウンターを越えようとした。その時だった、倒れていた男が血で真赤に染まった腹を押さえながらウーンと呻《うめ》いて立ち上ろうとしたのは。まだ生きている。

「くそっ、おまえでええわい」

犯人は男のえり首をうしろから摑んで引き起こした。男は玄関までひきずられるよう

にヨロヨロついていく。もう抵抗する気力も体力もないようだ。

「ええか、じっとしとれよ。そのままや。動いたらぶち殺すぞ」

犯人は扉の手前で振り向くと最後の脅し文句を残し、男を連れて出て行った。あとに残ったのは少なからぬ血と、男の割れた眼鏡だけ。行員や気丈な客があとを追って外にとび出した時は、白い車が五十メートル先の通りを左に折れるのが見えただけであった。

正確な被害金額は三百九十四万六千円。

犯行時、行内にいた客は七名、行員は十八名。

犯人は中肉中背、顔には防寒用の、眼と口の部分だけ露出している毛糸のマスク。色は黒、三つ開いた穴のまわりには白いフチどりがある。薄茶色の作業服上下、上着のボタンはあらかじめ外してあった。その下は黒っぽい腹巻、そのまた下はラクダ色の丸首シャツ。靴はありふれた形の安全靴。手には黒の革手袋、首に赤いタオルを巻いていた。

強盗を捕えようとうしろからとびかかった男の名は、垣沼一郎《かきぬまいちろう》。三十五歳、近くの鉄工所の経営者である。融資依頼に来たが、銀行の担当者が席を外していたため、ロビーのソファーに坐《すわ》って待っていたもので、彼にすれば思いもよらぬ災難に巻き込まれたことになる。

記者達の語ってくれた事件経過は以上のとおりであった。

私は何か新しいネタを仕入れたら必ず提供することを約して、その包囲網を逃れた。

中に入るため外部警備の若い警官に身分を明かすと、ハハッとかしこまって姿勢を正した。ほんの少し優越感を覚える。何といっても私は府警捜査一課の刑事である。

ロープを跨《また》いで行内に入った。照明と人いきれのためだろう、少なくとも外よりは暖かい。立てていたコートのえりを元に戻した。

行内はまだ事件の余韻を充分に残していた。人造石を貼ったあずき色のフロアには、チョークで、犯人の行動経過、撃たれた男の血痕《けっこん》、倒れていた状態、男の眼鏡の位置が示されていた。レンズのかけらがその周辺に散乱している。

入口すぐ近く、犯人に撃ち抜かれたと目される天井の石膏ボードは取り外されて、ポッカリと二つの正方形の穴が開いていた。その奥の弾痕までは暗くて見えないが、弾は既に摘出され、種々の検査を受けているはずだ。

カウンターの上にはまだ何枚かの千円札が残っているし、事務机の上には書類が散乱したままだった。椅子が倒れクズカゴがひっくり返り、全てが犯行時の異常事態を物語っていた。

現場の状況は記者達から聞いた犯行内容とピタリ一致し、その情報収集力が非凡なものであることを改めて実感させられた。

独特のキンキンとかん高い声が聞こえる。マメちゃんだ。府警捜査一課第六係刑事。フルネーム、亀田《かめだ》淳也《じゅんや》。姓はともかく名前の方は新派《しんぱ》の二枚目でも充分通用する甘い響きを持っている。もうそろそろ三十に届こうかという年だが童顔、色黒で、背が低く、ころころしたその体型から、みんなは彼を「マメダ」と呼ぶ。「豆狸《まめだぬき》」と「カメダ」をひっかけたものだ。陽気で、機関銃のように息つく暇なく喋《しゃべ》りまくる。性格と体格を見事に一致させた人物ではある。その風貌《ふうぼう》と気易さが聞き込みや取調べの際に強力な武器となって、若手であるにもかかわらずベテラン捜査員に伍《ご》していける理由となっている。愛すべき存在ではあるが、マメちゃんと半日も一緒にいるとめっきり疲れる。そのお喋りに応対しなければならないからだ。

しかし、いまは便利だ。何かと新しい情報を持っているに違いない。靴音を忍ばせ、うしろからそっと近づいて尻《しり》を撫《な》でてやる。我ながらあほなことを――と思うが、マメちゃん相手だとこんな挨拶《あいさつ》こそふさわしい。

「ギクッ、あっ、なんや黒さん。まだ病気治ってませんのか……いつ来はりましたん？

……ええ、だいたいそんなとこです。犯人も人質もまだ行方不明ですわ。人質が負傷してるから、そう遠くへは行かれへんはずやし……明日《あした》中には見つかりますやろ。ところで黒さん、聞きはりました？」

「何を」

「捜査分担……府警本部が担当することになりましたんや。神谷《かみや》警部じきじきのお出ましやそうでっせ」

「また、あの赤だるまが出しゃばりよるんかいな」

「黒さんのすぐうしろに立ってはりまっせ」

「えっ……」驚いて振り返ったが誰もいない。

「嘘、嘘。さっきのお返しですがな」

神谷の名を聞いて気が重くなった。あの偏執居士がこの捜査の指揮をとるとなると、それ相応の覚悟はしておかねばならない。私は腹を括《くく》り、ついで顔をひき締めた。

「もうすぐ捜査報告がありまっせ」

「どこで」

「支店長用の応接室です。階段上って二階の突きあたりですわ。先に行ってええ席とりましょ」

「その、ええ席いうの何や、映画見に行くわけでもあるまいし」

「行ったら分りますわ。早《は》よう行きましょ」

現場の状況は頭に入れたので黙ってあとに従った。


その部屋は二十畳くらいの広さで、奥には磨き込まれて赤黒く光ったデスク、中央には五人用のゆったりした応接セット、手前には折りたたみ式のパイプ椅子が二十脚ほど配されていた。壁は凝った織りの布製クロス貼り、その上を八十号の本物らしい静物画で飾ってある。茶色を基調として品良くまとめられてはいるが、生活の匂いのない殺風景な部屋であった。

移動式の黒板が二枚運び込まれ、一枚にはこれからの会議の進行順、残る一枚には現場の簡単な平面図が描き込まれていた。

「さあ、ここに坐りましょ」

マメちゃんはさっさと革張りのソファーに身を沈めて、隣を目で示した。

「わしら、折りたたみ椅子でええのと違うんか」

「何言うてはりますねん。これから長い長い会議になりますんやで。ちょっとでも楽なとこにおらんと……。これも早い者《もん》勝ちですがな」

マメちゃんは卓上の客用たばこを咥《くわ》え、石造りの大きなライターで火を点《つ》けた。

「そんな硬いこと言わずに、ここに坐ってたばこでもどうです。こんな機会でもなかったら、ぼくら支店長用の応接室なんかに入れませんで。コーヒーは出んけど、火くらい点けますがな……あっ、これ洋モクや、フィリップモリスや。二、三本もろとこ」

と言って五、六本、ポケットに隠した。

アメリカたばこの素朴な香りを二本も味わい終えた頃には、捜査員が続々と詰めかけ、人いきれとけむりで部屋が白っぽくなっていた。捜査報告が始まる。担当は、北淀川署捜査係長、有川《ありかわ》警部補。

型どおりの紹介のあと、まず事件経過についての報告があったが、それは、さっき私が記者連中から聞いたことを確認するだけの退屈なものであった。

そのあと質問と詳細検討に入って、会議は俄《にわ》かに活況を呈してきた。各捜査員は堰《せき》を切ったように発言する。

「銀行の出入口は南側玄関だけですか」

「客用入口はここだけです。駐車場を利用する客もこの玄関から入ります」

黒板上の見取り図を指で追いながら有川が答える。

「ということは、犯人が行内で拳銃振りまわしてた間に、すきを見て、客が外へ逃げ出すことは不可能やったんですな」

「そうです。犯人は玄関と、その真前のカウンターを往復しただけですから、それは無理でした」

「犯行中、行内に入って来た客はおりませんのか」

「一人います。近所の主婦が電気代の払い込みに来たんです。現場見て知ってはるように、玄関はガラスの二重ドアになってます。外側のドアは手動で前後開き、内側は左右開きの自動ドアです。二つのドアの間は三坪ほどの風防室になってます。小雨がパラついていたので、この主婦——萩原《はぎわら》さんは風防室まで入って傘をたたんでました。何気なく行内を見ると様子がおかしい。客がみんな伏せていて、一人の男が大声で喚《わめ》き散らしている。おまけに黒いマスクかぶってるもんやから、こら強盗やと直感して、気付かれんようにそっと外へ出た。落ち着いたもんですわ。あとで検討してみたら、これは犯人が金を腹巻にねじ込んでいる時で、萩原さん、銀行来るのがもうちょっと遅れてたら、出て来た犯人と風防室で鉢合わせしてます」

「その萩原とかいうおばさん、外へ出てからどないしたんですか」

「外へ出てまわりを見ると、東側……そう住宅展示場になってますが、そこに男が二人いた。二人はこの展示場の営業員で、木谷《きたに》さんと、川本《かわもと》さん……えーっと、木谷さんは二十四歳、川本さんは二十六歳です」

間断なく発せられる質問に対して、有川は資料を繰りながら丁寧に応じる。名前や年齢など、どうでもいいと思うが、有川の几帳面《きちようめん》な性格がそうさせるらしい。

「二人はちょっと早い昼食に行こうとしてたとこです。萩原さんは走って行って、どうも銀行強盗らしいと告げた。とりあえず一一〇番やいうことで、木谷さんが展示場内の公衆電話まで走った。残る萩原さんと川本さんはそこに立ったまま、どうしようかとオロオロしてました。その時です、犯人が人質つれて玄関から出て来たのは。黒マスクの男がもう一方の男を、銀行の前に駐《と》めてある白い車に押し込んだ。それから自分は反対側の運転席にまわって、車を出した。えらいスピードで萩原さんと川本さんの前を走り過ぎた。……三十メートル先に信号のない交差点があるんですが——そう、銀行からやと五十メートル東になります。そこを左折して消えた。これは銀行員や店内にいた客も外に出て目撃してます。逃走車は、白のカローラ、セダン、五十五年型。ナンバーは、大阪そ・一七〇四、盗難車です。昨日の夕方、住吉《すみよし》区の路上で盗まれたものです」

「逃走するのを、あんぐり口あいたまま見とったんですか。そのへんを走ってる車を停めて追いかけるとかせんかったんですか」

うまくタイミングを計って、マメちゃんが質問をはさんだ。

「銀行員がタクシー停めて追いかけたんですが、もうその時には、カローラの影も形も……」

「銀行員らしいわ……わざわざタクシー停めるやて」

マメちゃんは横を向き、私に同意を求めるように言い添えた。

「犯人、ケガしてまへんのか。その……垣沼はんともみおうた時とか……」

「さっき鑑識から報告がありましたけど、現場に付着した血はA型だけ、垣沼さんの血液型と一致します。犯人は負傷してないようです」

「出血量は？」

「現場での出血量はそう多くないようです。鑑識の調べでは、せいぜい一〇〇ccくらいやろということでした。しかし垣沼さんの腹腔《ふくこう》内にはもっと多量の出血があるはずですから、いずれにしても早よう発見して保護せんことには生命《いのち》にかかわります」

この種の混成部隊による会議では、ものの言いように各捜査員の力関係が表われる。概して、古株ほどぞんざいな言葉遣いであり、わざとそんなふうに言うことで、自分のその場における立場を誇示しようとする狙いもあるようだ。

「弾はまだ垣沼はんの腹の中でっか」

「天井裏の二発以外発見されていないところをみるとそう思われます」

「拳銃について何か？」

「リボルバー型で、口径の小さいものです。粗悪な改造拳銃と推定されます。発見された弾に線条痕《せんじょうこん》がついてませんから……」

「パトカーはいつ現場に到着しました？」

「最初のパトカーは犯人の逃走後約一分して到着しました」

「と、いうことは……？」

「犯人の侵入から逃走まで約二分、北淀川署と銀行とのホットラインが作動してから三分後です」

「一分間の開きか……。こいつは大きいですなあ……。その後、逃走車を目撃した、というような情報は？」

「いまのところありません。しかし、そんなに遠くまで逃走できたとは考えていません。事件の三十分後には、緊急配備も完了しました。府下全域に車の特徴とナンバーが通知され、主要幹線では検問も始まってましたから、そうそう遠くまでは行けません。犯人は現場から車で三十分の地域内に潜伏してると考えられます。府警の交通管制室とも連絡をとってその範囲を特定する作業に入ってます。いずれにせよ逃走車を発見するのが先決です。垣沼さん、負傷してますから、車から遠く離れることは不可能です。とにかく車さえ発見すれば垣沼さんも……」

　有川は最後まで言わなかったが、何を言いたいかはこの部屋の全員に分っているはずだ。そう、車が発見される時、即ち、垣沼が死体となって発見される時である。どう考えてもその方が理屈にあっている。犯人にとって人質は切り札に違いないが、それはあくまでも自分の身が危うくなった場合にだけ効力を発揮するものであって、少なからぬ金を手に入れ、何とか逃げおおせた時点においては、切り札がババに変わってしまう。ババは抜かれる運命にある。私が犯人なら、利用価値がなく、おまけにキズモノである垣沼を生かしてはおかない。

「わし、ちょっとひっかかることがありますねん」

ごま塩頭の刑事が猪首《いくび》を傾げて話し始めた。

「犯人は、確か、赤いタオルを首に巻いてたと聞いたけど、これ、どういう意味ですねん。強盗するのにこんな目立つもん巻く必要おまへんで。ただでさえおもろいマスクしてるのに……わし思うけど、首のまわりに何ぞあるのと違いまっか。大きなほくろとか傷痕《きずあと》とか……多分そうでっせ」

「かも知れません。その可能性は充分あります」

有川がその言葉をひきとった。

捜査員の間に小さなどよめきが起こる。ここに至って、やっと有力な手掛かりが現れたと踏んだためであろうか。

質問が途切れたのを機に、有川は席を外した。主役が部屋を出たので、まあ一服ということになった。

「黒さん、腹減りましたなあ。何も食わんとたばこばっかり吸うてるから、胃が痛《いと》うて」

マメちゃんが私の肘《ひじ》をついて言った。

「胃が痛いのに腹が減るのおかしいで」

「それ、逆ですがな。腹が減ったから胃が痛いんですわ。食い過ぎも体に悪いけど、何も食わへんいうのもいかんのでっせ。あとでラーメンと餃子《ギョーザ》食いに行きましょうな。ニンニクごってり食うて精つけたるんや」

「何のために」

「またいやらしい目つきして……うちの嫁はん、いま腹ぼてでっせ。仕事です、仕事、仕事のためですがな」

そう答えて目を輝かせているところを見ると、この男、本当にこの稼業が好きなのかも知れないと誤解しそうになる。

有川と一緒に男が一人、部屋に入って来た。府警捜査一課、強盗班キャップ、神谷警部であった。——捜査一課には、警部補を長とし、一人の部長刑事と、あと三人の刑事を加えた五人一組の係が九つある。九つのうち四つが強盗班、五つは殺人班。一課長の下で班を統括する職制をキャップと呼ぶ——。因《ちな》みに、私は第六係、強盗班所属であり、マメちゃんと、あと一人、沢居《さわい》というのが同僚だ。部長刑事は胃かいようで、もう半月近くも入院している。係長は、村橋警部補、私に出動を命じた御仁だ。

有川が紹介しようとするのを眼で制して、神谷は口を切った。

「私、府警捜査一課の神谷、言います。この事件は一課が担当することになりました。

捜査本部は北淀川署に置きます」

最初の顔見せとあって、少しは慎重な口ぶりだ。北淀川署の刑事はもちろんのこと、隣接するいくつかの署からも捜査員が応援に来ているので、いつもの横柄な態度は見せられない。

「今後の捜査方針を説明しておきます。まず第一は容疑者の特定。犯人はその荒っぽい関西弁から、相当年数、大阪、または大阪近辺に在住していたと思料されます。それに拳銃を使用したことから考えて、暴力団関係者の線も浮かびます。四課の協力を得て、これを洗う予定です。第二は連鎖犯行の防止。この種の犯罪は誘発されやすい傾向にあるから、各金融機関のパトロール回数を増加させます。第三に、これが最も大切なことですが、垣沼さんの発見について。これは、北大阪を中心に捜査します。犯人の潜伏できそうなアパート、マンション、倉庫、空家等は、各警察署のファイルを基に軒並み調査します。垣沼さんの服装は、白のニットシャツにグレーのズボン、紺色コール天の替え上着、黒の短靴。ニットシャツは大きく血に染まっています。身長は百六十九センチ、体重六十五キロ、顔は、ここに写真があります。これらの特徴を報道機関に流して市民からの通報を待ちます」

スナップ写真を顔の部分だけ大きく引き伸ばしたのであろう、粒子が荒れている。しかし、眼鏡の奥で笑っている細い眼、太い鼻、左右に張り出したアゴは、その特徴をよく表わしていた。

「えらい我の強そうな顔やな。典型的な受難の相ですわ」

マメちゃんは写真を手に、したり顔で呟《つぶや》いた。

「人相まで見るんかいな」

「そら、そうですがな。現にこうしてひどい目に遭《お》うてはる」

「早《は》よう発見せんと、この写真に黒い枠がついてしまうで」

「ほんまや……この広い大阪の空の下、どこかにはいてはんねやろけど……」

マメちゃんらしくもない感傷的な言葉を聞いて、ふっと唇の端が緩んだ。


東の空が赤く色づいて、新しい一日が始まろうとしていた。捜査は何ら進展を見ぬまま四月二日に持ち越された。

マメちゃんの希望どおりニンニクいっぱいの餃子とラーメンを腹に収め、仮眠のため北淀川署へ歩く。猛烈に眠い、早く横になりたい。

「ねえ黒さん、いまごろ銀行の偉いさんどうしてると思います？　ぼくらみたいに徹夜で対策練ったんやろか。自分とこの支店に賊が入って、金と人質奪って逃げた。金だけやったらしゃあないで済むけど、人質までとって行った。おまけにその人質というのが、大切な、大切なお客様ときた。黒さんが頭取やったらどないします？　大変なことでっせ。だいたい、銀行の警備員が何もせんと這《は》いつくばってるのに、とびかかったんが客や。ここがもうおかしい。こんなことマスコミに大々的に報道されたら、そら困りまっせ。ま、なんせ、銀行のことや、新聞やテレビに手をまわして、うまいことしよるやろけど……」

どない思います、と、人の意見を訊《き》きながらも答える暇さえ与えない。そのくせ相槌《あいづち》を打つことを要求する。マメちゃんの独壇場であった。

「どうせ偉いさんのことや、連れて行かれたんが行員やったら、どんなにええやろと思てまっせ。それも、組合の幹部なんかやったら、もう小躍りするとこや。偉いさんいうのはそんなもんです。そうでないと出世せん。銀行というとこはねえ……」

金に縁遠いものほど銀行を毛嫌いするらしいが、マメちゃんを見ていると、それが実感として分る。

「それにしても、垣沼とかいう人、えらい災難に遭うたもんや。何も拳銃持っとる奴にとびかからんでもええのに……。黒さんならどないします、こんな場面に出くわしたら？」

「うん、そうやなあ……警察官としては……」

「この際、警察官であることを忘れて下さい。非番の時はただの一般市民ですがな」

「その時の状況によるわ……つまり、とびつきやすい地点におるとか……」

「ということは、条件が揃たら、何か行動を起こすということですか」

「そういうことになるかも知れん……」

「何ちゅう情ないこと言うてはりますねん。そんな中途半端な考え方があかんのです。

ぼくやったら、絶対に何もしませんわ。犯人が伏せろと言う前から伏せてますがな。床に這いつくばって、神さん、仏さんにお祈りしてます。何でたかが銀行のために危ない目に遭わんとあきませんのや。黒さんかてそう思いますやろ?」

「う、うん……」本音を言っているだけに、妙に説得力がある。

「そやけど、垣沼さんの場合、ちょっと事情があるやろ。有川係長の報告によると、垣沼さん、融資の依頼で銀行に来てたわけやろ。鉄工所経営してるそうやから、運転資金が欲しかったんやろ。欲しいけども色よい返事がない。そこで、銀行にええとこ見せよと思て、とびかかったんと違うかな。まず、貸付け担当者が席外してるからいうて、ロビーに待たせとくのがちょいとおかしい。銀行にとって大事な客であれば、そんな場所に待たせておくはずがない。応接室は三つも四つもあるんや。それに、担当者が席を外してたというのも怪しい」

「なるほど、仰せのとおりや。さすが黒さん、有川はんのちょっとした説明でそこまで読んではったんですか……大したもんや。それで分った」

「何が?」

「垣沼さんが抵抗もせんと連れて行かれたわけ。……つまりですな、垣沼さんが純粋な正義感から犯人にとびかかったのなら、車に押し込まれてからも、ハンドルひったくるなり、大声あげるなりして抵抗するはずや。しかし、この場合は、垣沼さん、融資が欲しいためにとった行動でっしゃろ。ということは、もう銀行の連中の見てへんところで努力する必要ないんや。そうか、そうやったんか……。そやけどぼく、久しぶりにおもろい事件にぶちあたったと思うてますねん。いわばニューヨーク型の犯罪ですなあ。新感覚派ですわ」

「何や、それ？」

「侵入するなり拳銃、バンと撃って『ゼニ出せ』ですやろ。金かっさろうたら人質ひき立てて車でプイや。何となしスピーディーでしょ。腹巻に札束詰め込むんは興醒《きょうざ》めやけど」

マメちゃんにかかったら、強盗も好奇心の対象でしかない。善悪の判断もすこぶる曖《あい》昧《まい》だ。

ありがたいことに、前方に北淀川署が見えて来た。やっと眠れると思うと足にはずみがつく。

「黒さん、今日の段取りどないします？」

「そうやな、四時間ほど仮眠して、十一時ごろ、向うへ行こか」

私とマメちゃんに与えられた今日の役割は、垣沼の自宅へ行き、家族から垣沼発見のためのより詳しい情報を仕入れることであった。

## 2

東淀区《とうよどく》中新庄《なかしんじょう》にある垣沼鉄工所は北淀川署から車で約二十分、工場の二階が居宅になっている。

附近は典型的な準工業地域で、さして広くもない道路をはさみ、二間、三間間口の小さな住宅、工場、商店がひしめきあって軒を接していた。

大きく「垣沼鉄工所」と書かれた半開きのシャッターをくぐる。四十坪ほどの薄暗い工場内には、シャーリングやプレス機やら、大型の工作機械が所せましと据え付けられており、加工途中の半製品が隅の方に堆《うずたか》く積まれていた。ただ一箇所残った入口近くの少し広いスペースにも、配達用の軽トラックが駐《と》められていて、空間を余すところなく利用している。

奥の階段を上りきると垣沼家の玄関に突きあたる。木製の派手な装飾扉が、一階の工場と鮮やかな対比をなしていた。

垣沼の細君は、あまり眠っていないらしく、赤いはれぼったい眼で私達を迎え、洋風の応接間に案内した。こんな事件さえなかったら、我々刑事の訪問など受けることもなく、平凡な毎日を送っていただろうと思うと、テーブルをはさんで、その顔を見るのがつらかった。この時ばかりは、マメちゃんもいつになく硬い表情を保っていた。彼女の心痛を和らげるためには慎重に言葉を選ばねばならない。

「このたびは大変なことで……お察しします。申し遅れましたが、私、捜査一課の黒田です」

「同じく、捜査一課の亀田です。今後は、主にぼくらが、奥さんとの連絡にあたります」

「垣沼庸子《ようこ》です」

そう言ったきり下を向いて、視線を自分の膝《ひざ》に落としている。泣くことも喚《わめ》くこともせず、ただじっと耐えているその姿に彼女の悲しみが見えた。

「北淀川署はもちろん、府警本部の捜査員も含めて、何百人もの警察官が懸命になって、ご主人捜してます。何としてでも無事救出する覚悟です」

そこまで一気に言って、私は額の汗を拭《ぬぐ》った。

「お願いします」

庸子が小さく応《こた》えた。

「お疲れやとは存じますが、これから、我々の質問に答えていただきたいんです」

「はい……」

「まず、ご主人の特徴とか、癖とか、ありましたら」

「それは昨日、北淀川署で……」

「ええ、それは知ってます。昨日お話しになったこと、それ以外のこと、どんなことでも結構です。何が捜査の参考になるか知れませんから」

「もうお話しすることは……」

「例えば、ご主人の性格とか……」

「それなら……私、いつかこんなことになるのと違うか思うてました。主人、妙に一本気なところがありまして、ようけんかしてました。取引先とか、知り合いの人とはそんなことなかったけど、見ず知らずの人にはけっこう我を通してました。普段はまじめでおとなしい人ですけど、言い出したらきかへんのです。車、運転してる時、前に割り込みするような車があったら、ブーブー、クラクション鳴らしてどこまでもついて行くんです。それで、その車が停まったら、降りて行ってえらい剣幕でどなりつけるんです。つかみあいのけんかしたこともありました。『あんたも、もうええ年なんやから、そうとんがらんでもええやないの』と言うても、答えはいつもいっしょ、『わしの性格や、しゃあない』と、それだけです。喫茶店で、高校生がたばこ吸うてたら、『おまえら未成年が、そんなことでどうすんねん』と、大きな声出して、たばこ取りあげるし、国鉄の電車の中で、職員が坐《すわ》ってるの見たら、『あんたら無料パスで乗ってるのと違いますか。客が立ってるのに、のうのうと坐ってたらあかんやないか』と怒るし、もうそんな例あげたらきりのないくらいです。とにかく、自分が正しい思うたら、絶対にあとにひかん質《たち》でした。ヤクザみたいな人につっかからんかと、いつも心配で……」

庸子の話で、垣沼の性格が徐々に明らかになってくる。頑固、潔癖、独善的、戦闘的、猪突《ちょとつ》猛進型、……言葉がいくつか浮かんでは消える。自分はそれでいいが、まわりの人間に少なからぬ迷惑を及ぼすのがこのタイプだ。

「奥さんの心配してはったことが、ほんまに起こってしもたんですな」マメちゃんが話を継ぐ。

「よりによって、拳銃持ってる強盗にまでつっかからんでも……」

庸子はそこまでポッポッと低い声で自分に言いきかせるように喋《しゃべ》っていたが、こらえきれなくなって泣き伏した。

「すんません、奥さん。つまらんこと言いました」

「いえ、いいんです。ちょっとでも参考になったらと思て」

涙を拭《ふ》いて答える。芯《しん》は強そうだ。

「つらいやろけど、もうちょっとだけお願いします。昨日、ご主人は何で銀行に行ってはったんですか」

「融資の依頼です。……正直言うて、うち、もう倒産寸前です。新しい工場建てたんがえらい重荷になってしもて……」

「新しい工場？」

「二年前です。この工場だけでは手狭や、言うて、桜井町《さくらいちょう》に五十坪の土地買《こ》うて、新しい工場を建てたんです。うち、主に車輛《しゃりょう》関係の打ち抜き部品を製造してますから、コンピューター連動の当時一千万円もするような五十トンプレス機なんかも入れましたけど……結局のところ無理な設備投資やったんです。ご存じのようにこの不景気ですから、新たな受注先を開拓することもままなりません。特に最近は資金繰りが苦しくて、お金はいくらあっても足りない状態でした。主人、毎日のように金策に走りまわってました。

この工場も、桜井町の工場も、敷地、建物とも抵当に入ってるし、銀行との話し合いも、はかばかしくなかったみたいで……」

「だいたい銀行というのは、景気のええ時だけ下手に出て、金借りてくれ言いよる。そのくせ、企業が倒れかけになっても、貸した金だけは、どんなことしても取り立てる。たとえ取り立て不能になっても、担保はしっかり設定しとるから、どうころんでも損はせん仕組みになってる。赤い肌じゅばんの下から黒い鎧《よろい》がチラチラ見えてますんや」

おかしな言いまわしではあるが、マメちゃんなりに憤慨している。この男、よほど銀行が気に食わないらしい。

「ご主人も大変ですなあ……」私が言った。

「ええ。三年前の夏にお父さんが死なはってからは、主人がひとりでこの鉄工所切りまわしてました。うち、小さいけど、五人ほど従業員使《つこ》うてますから、その人らの面倒みてあげんといかんし……。子供に手がかからんようになってからは、私も免許とって、製品の配達したり、伝票の整理したりして、できるだけの手伝いはしてるんですが……結局は、あの人に苦労ばっかりかけてます」

「ところで奥さん、ちょっと立ち入ったこと訊《き》くようですが……。ご主人、生命保険には、いくら入ってはったんでしょうか……いえ、これはご主人の安否とは関係なく、参考としてお訊《たず》ねするんですが……」

どうしても語尾がかすれがちになる。時には相手の感情を無視した質問もしなければいけないのが、刑事稼業のつらいところだ。

「はっきりは知りませんが、たぶん一千万円くらいやと思います。主人、保険が嫌いで、私によう言うてました。『自分の死んだあとで、何ぼ金もろてもつまらん。使えん金なんか要らん。葬式代だけで結構や。おまえと絢子《あやこ》の食いぶちくらい、わしが貯めといたる』……絢子というのはうちの娘《こ》で、いま幼稚園に行ってます。昨日から、義姉《あね》夫婦の家に預かってもろてます。あの娘を見てたら、余計に情のうなって……。とにかく、お金なんかどうでもいいんです。あの人さえ無事に還《かえ》ってくれたらそれでいいんです。それに、主人……自分から死ぬような、そんな弱い性格と違います」

庸子は私の質問の本当の狙いを正確に摑《つか》んでいた。彼女の語った垣沼の性格と少額の保険契約が、私の疑惑を吹き飛ばした。

垣沼は半ば死ぬ気で犯人に挑んだのではなかったか、自殺の手段としてあの状況を利用しようとしたのではなかったか。……多額の保険契約があれば、その推測も成り立つと私は考えていた。それは、事件経過を聞いて以来、胸の奥に澱《おり》となってたまっていた私の仮説であった。

隣の部屋で電話が小さく鳴った。訊くべきことも訊き終り、腹も減った。そろそろ垣沼家を辞するきっかけを摑もうとしていた時だったので、庸子が立ったのを機に、私達も腰をあげた。しかし、庸子がとったのは私への電話であった。それも村橋から——二十四時間余すことなく管理されている。

「黒さんか、ちょうどよかった。プレゼント、犯人からのプレゼントが届いたんや。ガセと違う、本物や。犯人からの脅迫状や。いますぐ垣沼さんの奥さん連れて本部へ戻ってくれ。奥さんに頼まなあかんことがあるんや。それから、茶碗《ちゃわん》でも何でもええ、垣沼さんの指紋がついてるもんを、二、三個借りてきてくれるか。詳しいことは戻ってからや、ええな。頼むで」

短い通話に、捜査本部の切迫した雰囲気が感じられた。事件は大きく変転したらしい。昨日の朝、垣沼が使ったまま、まだ洗っていなかった白磁の湯呑《ゆの》み茶碗と、彼愛用の電気カミソリをハンカチに包んで、庸子、マメちゃん、私の三人は捜査本部へ急いだ。

「村長、いったいどうなってますねん」

――誰も村橋を「村橋係長」とは呼ばない。略して「村長」である。浅黒い顔には深いしわが何本も貼りつき、それが窪《くぼ》んだ眼と、前に突き出した唇をとりまいている。痩《や》せた体をくすんだグレーの背広で包み、古くなってガタが来ているのか、よくずり落ちる眼鏡をせわしなく元に戻しながら、カマキリのようにひょこひょこ歩く姿は、まさに村長を思わせる――。

村橋は私から受けとった湯呑み茶碗と電気カミソリを鑑識に持って行くよう、傍らの刑事に指示してから、油の切れた回転椅子をキーキーと軋《きし》ませてこちらに向き直った。どこから借りてきたのか、デスクの中央を大きな広辞苑《こうじえん》が占領している。

「これ見てくれ、脅迫状や」

ひきだしから五枚の紙を取り出して、デスクの上に広げた。不揃いの大きなカタカナが、隙間なく詰まっているところは、いかにも脅迫状である。最初に「カキヌマヨウコドノ」とある。

「何でまた、奥さん宛の手紙がこんなところにあるんですか。奥さん、こんな手紙来てることすら知りませんで」

「ちょいとわけありや。ま、聞いてくれ。十時五十分いうから、いまから二時間ちょっと前や、吹田《すいた》の千里《せんり》ニュータウンにある酒屋に電話が入った。男の声で、交番に届けたいものがあるが、自分ではよう持っていかん、代わりに行ってくれ、その届け物は店頭の自動販売機の横に貼りつけてあるから、と、それだけ言うて、電話を切ったらしい。店の主人、おかしな電話やと思いながらも、そこを調べてみたら、ほんまに封筒がセロハンテープで貼りつけてあった。手にとってみると、もっこりふくらんでるところがあるので、中は手紙だけやないらしい。電話の主の言うとおりにするのも癪《しゃく》やからと、おっさん、その封筒を開けてみよったんや。手紙はもちろん入ってたけど、そのもっこりふくらんでたもん、何やと思う？……指や、人間の小指や。ビニール袋に、第二関節から先の小指が入ってたんや」

「ええっ……犯人、垣沼はんの指つめたんですか……。そんなあほな」

マメちゃんの、ただでさえかん高い声が、もう一オクターブ高くなって部屋中に響いた。いあわせた捜査員の眼が我々に集中する。

「大きな声だすな。わしの方がびっくりするやないか」

「そやかて……」

「ま、話は最後まで聞け。……それで、店の主人、えらい仰天してすぐ交番に走った。それがいま、黒さんの手にしてる脅迫状や」

「これコピーでっしゃろ。本物はどこにあります？」

「みんな鑑識や、指紋の有無調べてから、筆跡鑑定する。小指がほんまに垣沼はんのものかどうかも詳しく調べてる。黒さんに茶碗とカミソリ持って来てもろたんは、指紋を照合するためやけど、まず間違いはないやろ。それにしてもムチャクチャや。よりによって指を切り落とすやなんて……。どないしてでも犯人を挙げんと、大阪府警の沽券《こけん》にかかわる」

村橋は話しているうちに興奮してきたのか、黒い顔に赤味が加わって、溶けてブヨブヨになったチョコレートを思わせる。

「村長、その指……」

「分ってる、みなまで言うな。小指が切りとられたん、垣沼さんが生きてるうちか、それとも殺されてからかを知りたいのやろ」

「さすが、よくご存じで」

「わしのすることや、ぬかりはない。その件も鑑識に依頼してある。切断面の凝血状態やら酵素活性とやらを調べたらまず百パーセント間違いはないそうや。死んで一、二分も経たんうちに切りとっても正確に判定できる。死人に銭払うような不様なことできるかい」

ちょっと喉《のど》のあたりを撫《な》でてやると、すぐにごろごろと鳴き始める。この他愛なさも、村長と呼ばれる所以《ゆえん》か。

「ところで、この脅迫状が千里ニュータウンにあったということは……」

「そや、車も垣沼はんも、その附近で発見される可能性大や。所轄署から捜査員出してもろて、重点的に聞き込みと捜索をしてる」

「あの一帯、まだ雑木林がようけ残ってるし、案外、そこに隠しとるんかも知れませんな」

「そう簡単にはいかんやろ。……話はあとにして、それ読んでくれ」

「オレワイマオコツテマスオマエノテイシユガイランコトシタカラゼニヨウケトラレヘンカツタイツソコロシタイガ……何やこれ、たまらんなあ、この調子やったら全部読むのに一時間はかかる。口に出して読みあげるだけで、ひとつも頭に入らへん」

マメちゃんは悲鳴をあげた。

「読みにくいか」村橋が訊く。

「読みにくいも何も……字が汚い上に、文章もひどいから」

「ほな、これ読め。わしが書き直した」

村橋は別の紙を放って寄越《よこ》した。広辞苑の置いてあった理由が分る。村橋のメモは漢字交じりで書かれているだけに少しは読みやすいが、文字そのものは脅迫状と大差ないくらいひどい。

「さすが係長や。細かいとこまでよう気が付きはる。ものすごう読みやすい字ですな」

その言葉を聞いて、村橋は得意気にそっくり返る。マメちゃんに皮肉を浴びせられたとは、露ほどにも思っていないらしい。

〈俺は今、恐ってます。おまえの亭主が要らんことしたから、銭ようけとられへんかった。いっそ殺したいが、それでは儲《もう》からん。俺は身代金をとることにする。一億円を用意せよ。三協銀行から借りたらよい。札は古い一万円札だけ。唐草のふろしきで包め。札は全部本物や。新聞の束なんか要らん。番号控えたり、薬品かけたり、小細工はするな。明日《あした》十時、おまえの家に電話する。その時、亭主の声聞かせる。金と車、用意して待て。金はおまえが運ぶこと。おまえに言うことはこれだけ。あとはサツに見せること〉

ここで小休止。五枚のうち二枚が垣沼庸子宛で、あとの三枚は警察宛らしい。随分念入りな脅迫状だ。

〈おまえらが俺をつかまえようと努力するのは勝手やが、取引の邪魔はするな。そのために、おまえらに命令しておく。(一) 金が揃わんとか理由をつけて時間かせぎをするな。(二) 電話の逆探知はするな。(三) 金の運び役の変更は認めない。(四) 運び役に尾行はつけるな。(五)取引の現場におまえらがウロチョロしていることは許さん。(六)新聞や放送局には絶対に何も言うな。(七)取引に関して、おまえらの方から条件を出してはいけない。以上のことに一つでも違反があったら、俺は二度と連絡しない。それは人質の死を意味する。金を受けとって、俺の安全が確保された時、人質は開放する。無事、救出したければ約束を守れ〉

「どうや、どう思う?」私達が読み終えるのを見計らって、村橋が訊《き》いた。

「下手な文章ですなあ。大阪弁と標準語ゴチャ混ぜで、全然統一感があらへん。格調の低い脅迫状ですわ」マメちゃんが言いたてる。

「何を言うとるんや君は。脅迫状に格調の高いも低いもないやろ、……内容や、内容について訊《たず》ねとるんや」

「それを次に言おかいなと思てたんやけど、係長が口はさみはるから……後半の三枚、警察宛の方ですけど、書いてある七つの条件、六番を除いて、全部守るわけにはいかんのと違いますか。いかにも破ってくれと言わんばかりの条件や。警察に挑戦しておいて手だしだけはするな、そんな虫のええこと聞けるわけおませんがな。こいつやっぱりあほでっせ。自分では気の利いたこと書いたつもりが、全部逆手にとられること分っとらん。ま、文章見ても、頭の働きがええようには思えんけど」

村橋は、我が意を得たりと頷《うなず》く。

「それから係長、字、間違《まちご》うてはりまっせ」

「なんやて……」急に話題が変わって、村橋は狼狽《ろうばい》した。「ちゃんと辞書ひいたがな。間違いなんかあるはずない」

「そやけど、まだ二箇所残ってます。〈俺は今、恐ってます〉と違うて〈怒ってます〉ですわ。それに最後のところ、〈人質は開放する〉もおかしいでっせ」

「ほんまやな、ついうっかりしとった。捜査会議でこんなん見せたら恥かくとこや」

憮然《ぶぜん》とした面持ちで、村橋は文字を訂正する。しかし、〈開放〉を〈介抱〉と書き直したのには驚いた。それを見てマメちゃんも目をむいたが、さすがにそれ以上斬り込むのは危険と考えてか、もう何も言わなかった。

「黒さん、どう思う？」

マメちゃん相手ではどうもピントがずれると思ってか、今度は名指しであった。

「その前にお訊きしたいんですが、この脅迫状、垣沼さんの奥さんに見せはるつもりですか」

「ああ、そのつもりや」

「村長、まさか……」

「もちろんや、脅迫状だけやがな。小指まで見せるあほおるかいな、奥さんただでさえ参ってはるのに。小指のことは垣沼はんを救出するまで奥さんには内緒や、ええな。マメちゃんも、喋《しゃべ》ったらあかんで」

村橋は、庸子を待たせている別室の方を見やって声を潜めた。

「それで、黒さんの考えはどないや」

「文章はマメちゃんの言うたとおりかなりひどいけど、脅迫状としては当を得た内容やと思います。ツボを外してへんと言えます。こちらのしそうなこと、要求しそうなことを犯人なりに予測して禁止してるところなんか上出来やと思います。特に、警察への禁止事項の一番と三番なんかよう考えてますわ」

「そこのとこ、わしも同感や」

「これくらい細かい指示をしてくる限りは、こちらとしても、いまのところ、犯人の要求どおりに動かんといかんでしょう。この脅迫状に書いてあることが本当なら、垣沼さんまだ生きてます。たとえ一分でも早《は》よう救出せんとあきません。そのためには下手な小細工せんと、取引の時に犯人を逮捕する必要があります。それも、生かした状態で。とにかく、明日の十時までに要求どおりのこと、用意万端調えとかんといかんですな」

「黒さんもそない考えるか……わしもそない考えるんやが……」

そう言って村橋は思わせぶりな表情を作った。

「何か?」

「わしは取引に応じるべきやという意見やが、キャップは違うんや。拳銃持った犯人相手に、のこのこ出向いて行ったら危険やと言うんや」

「そやけど」

「そうや。わし言うたったんや。取引しようがすまいが、犯人いまでも拳銃持っとることには変わりないんやから、危険なのは同じじゃ。ここで断ったら、また他の人間を人質にとるおそれもある、とな」

「正論ですがな」

時おり、こうしておだててやると村橋の口がより一層軽くなる。

「そやろ、黒さんもそう思うやろ。神谷はん、どうも取引の時、一般市民に怪我人が出るのを心配しとるようなんや。偉いさん特有の保身本能いうやつやな」

「一課長はどうです？」

「分らん。いま、刑事部長や各課長、キャップが集まって話し合いしとる。捜査会議までには結論が出るやろけど、準備だけは調えとかんといかん」

その時、鑑識課員が来て、村橋に小指と茶碗《ちゃわん》の指紋、及び血液型が一致したことを告げた。脅迫状と封筒、小指を入れてあったビニール袋からは、予想どおり、犯人の指紋その他、手掛かりになるものは何も検出されなかった。また肉眼鑑定ではあるが、切断面の凝血状態からみて、充分な生活反応が認められたため、垣沼は少なくとも小指を切断された時点では、まだ生きていると断定された。

「聞いてのとおりや、この脅迫状は本物やと確定した。垣沼さんも生きてはる。許せん。何が何でもこの犯人は逮捕する。こんな奴をのうのうと泳がしとったら、世の中物騒で仕方がない。府警の捜査一課が担当したからには……」

愚痴とも抱負ともつかぬ言葉が延々と続く。マメちゃんほどひどくはないが、村橋も似たような性癖をもっている。しかし村橋のそれは芝居くさい。普段、それほど饒舌《じょうぜつ》でない村橋が意味のないことを長々と喋っている時、必ずあとに好ましくない提案や命令がある。捜査一課の係長ともなると一筋縄ではいかない。

私は腹を括《くく》って切り出した。

「ところで村長、垣沼の奥さん、別室で待ってもろてるんですが、どうします」

「とりあえず、この脅迫状見せてくれ。それからすぐ銀行や。奥さんと捜査員二人が、事件について相談に行きますと、三協銀行大阪本店の店長に電話入れといた」

「その捜査員二人というのは……？」

「もちろん黒さんとマメちゃんやがな、頼むわ。わしも行きたいけど、いまから捜査会議用の資料をまとめんといかん」

私は直感した。村橋は逃げをうち始めている。

この一億円の貸借については、当然かなりの紛糾が予想される。まず、垣沼家の土地、建物は全て抵当に入っているらしいから、新たに一億円もの大金を借りられるはずがない。また、大阪府警にとってもそれが可能であるかどうかは疑問である。一市民の生命に対して、多くの人々の税金から成り立っている捜査費を注ぎ込めるかどうかは、私ごとき下っ端には分らない。あくまでも、捜査費は「捜査するための費用」であって、身代金とは性格を異にする。仮に、捜査費であると認められたとして、誰にそんな大金の決裁権があるのだろう。刑事部長か本部長か、或《あ》るいは府警を越えて警察庁のお偉方か。

いずれにしても責任の所在がはっきりしない。

昭和五十二年九月のダッカ事件が思い浮かぶ。パリ発東京行きの日航機が日本赤軍にハイジャックされ、バングラデシュのダッカ空港に強行着陸した。日本赤軍は、日本政府に対し、赤軍幹部ら九人の釈放と、人質の身代金六百万ドルを要求した。結局、政府は出国意志のある六人と、現金を引き渡したのだが、支払いを指示した法務大臣と首相には、あとで弱腰であるとの批判が集中した。「超法規的措置」という言葉が新聞紙上を賑《にぎ》わしたことが記憶に残っている。事件の性格は違うが、今回もその「超法規的措置」とやらが実施されるのであろうか。また、それを実施して、犯人をうまく捕えられたらいいが、その逆の場合どうなるのであろうか。責任者の更迭は必至である。「キャリア」に、そこまで火の粉をかぶる覚悟があるのか……。基本に立ち戻って、垣沼庸子に請求された身代金を警察が肩代わりすることが正しいことかどうかという問題もある。つまるところ、一億円は銀行が出す他ない。

その交渉を、村橋は私達に求めているのである。下の方で話をまとめさせ、累が上に及ぶのを防ぐつもりだ。

「銀行へは行きますけど、具体的には何をするんですか」

村橋の狙いを知っていて私は訊いた。

「銀行に一億円用意してもらうように口添えするんや」

「垣沼の奥さんに一億円貸してやって欲しいと言うんですか」

「そういうことや」

「銀行が貸さへんと断ったらどうします?」

「そこは黒さんの才覚とマメちゃんの口で何とかして欲しい。黒マメコンビやったらできる」

「しかし、銀行いうところは、返すあてのない金は貸しませんで」

「しばらく借りるだけや、犯人を逮捕したら返せる。そのためには、どないしてでも逮捕するんや。いまはそうとしか言えん」

銀行との交渉に入る前から、早くも心理戦が始まっていた。村橋の顔がキツネに見えてくる。

「そやけど係長……」

「あのな、黒さん、この文章もう一回よう読んでみてくれ。犯人が金を要求してるのはあくまでも垣沼の奥さんに対してであって、大阪府警やない。人情としては出してやりたいけど、そんなわけにもいかんのや」

そう言われると、理屈は通っているだけに返す言葉がない。

「早よう行かんと時間ないで、明日《あした》の十時までに用意せんといかんのや。札のナンバー控えんといかんし……。あ、それから黒さん、分ってるやろけど、この脅迫状の件はまだ内緒やで。くれぐれも気をつけてくれ。垣沼の奥さんはもちろん、銀行側にも固《かと》う口止めしといてくれ。ほな、早よう行ってんか」

村橋の声に後押しされるように、庸子の待つ取調室に向った。殺風景な部屋の中央にある被疑者用の粗末な椅子に浅く腰掛け、肩落としている庸子を見ると、どうしても脅迫状の件を切り出すことができない。私の苦衷を察してか、マメちゃんが口を開いた。

「奥さん、ご主人生きてはりまっせ。犯人からの手紙が届いたんです。明日の十時、ご主人の声聞けます。これがその手紙です。まず読んで下さい」

マメちゃんは、書き直した脅迫状のうち、庸子宛の分を手渡した。庸子は少し怪訝《けげん》な表情を作ってそれを受けとり、机の上に広げた。食いいるように読む。次々にしたたり落ちる涙が、紙の上に不規則な水玉模様を作った。

「奥さん……それには、金持って来いと書いてあるけど、ものは考えようです。どこかに隠れたきり何の音沙汰《おとさた》もないよりましですわ。それ発見されたん千里ニュータウンやから、ご主人も近くにいてはるかも知れません。警察官増員して、集中的に捜索してます。その間にぼくらは銀行へ行かんとあきまへん。ご主人取り戻すためには見せ金が必要です。いえ、ちょっと借りるだけです。犯人逮捕したらもう必要のない金です。交渉は黒田さんとぼくがします。奥さん、横で聞いてくれはったらよろしい。ご主人のためです、ほんのちょっと辛抱して下さい。さあ行きましょ」

余計な精神的苦痛を与えまいと、噛《か》んで含めるようにゆっくり話しかけ、庸子の手をとって椅子を引いた。

マメちゃんならではの対応であった。

三協銀行本店は地下鉄本町《ほんまち》駅の南、御堂筋《みどうすじ》をまっすぐ下った左側にある。各種金融機関の集中するその一帯にあって、ひときわ目立つ大きな赤茶色のビルがそれである。さすが本店だけあって外壁は全面インド砂岩貼り、行内も柱といい、床といい、全てが白っぽい天然大理石で蔽《おお》われている。カウンターも、もちろん石造り。腰の部分には、ご丁寧にも数メートル間隔で銀行のマークが浮彫りされている。仰ぎ見るほど高い天井には、そこここにシンプルな現代風のシャンデリアが吊《つ》られ、スポットライトとともに左右の壁面に掛けられた花模様の緞帳《どんちょう》に淡い光を投げかけていた。

そのどれをとっても、新大阪支店とは歴然とした格の違いを感じさせる。

受付に名を告げると、あらかじめ指示されていたのかすぐ応接室に通された。白木と布製のクッションを組み合わせた北欧風のソファーに、庸子をはさんで、三人並んで坐《すわ》る。

交渉に入る前に、本部で読んできた、三協銀行に関する資料をもう一度思い起こす。

——預金残高十二兆二千億円、全国都市銀行中第四位の財閥系銀行、三協商事と並ぶ三協グループの中核。大阪が発祥の地であるだけに、本社機能が東京に移った後も、大阪本店の、他の支店に対する影響力は大きい。重役連は関西出身者がその殆《ほとん》どを占めている——。

お茶を運んで来た女子行員が室外に消えて、マメちゃんが卓上のたばこに手を伸ばした時、ノックの音とともに男が三人姿を現わした。

一人は、もう十年以上も前に停年退職したと思われるような痩《や》せて小柄な老人。しみの浮き出たその顔は、どこかで見たような記憶がある。もう一人は、白髪をオールバックにした五十年輩の男。長身に、別誂《あつら》えらしいダークグレーの背広がよく似合っている。あとの一人は秘書らしい。四十前後で、黒ブチの厚い眼鏡をかけ、いかにも実直そうに両手で革のアタッシェケースを抱えている。

まず、名刺の交換をして、オールバックと秘書は私達に向いあってソファーに腰を沈めた。老人は部屋の奥までヒョコヒョコと歩いて行って、店長用らしいデスクのうしろに、いかにも疲れたふうに腰をおろした。何者かはまだ分らないが、挨拶《あいさつ》もせず名刺も出さないところをみると、あくまでもオブザーバーのような立場をとろうとしているらしい。

オールバックの差し出した名刺には「三協銀行大阪本店　常務取締役店長　川添良平《かわぞえりようへい》」とあった。黒縁眼鏡の方は「東京本店秘書室　秘書課長　伊谷浩輔《いたにこうすけ》」となっている。

川添の眼を見ながら、単刀直入に切り出した。

「捜査本部から連絡あったと思いますが、実は、この垣沼庸子さん宛に、脅迫状が届きまして……これがそうです。先に読んで下さい」

訳文のコピーを差し出した。「それから、先に申し上げておきますが、これはまだ非公開捜査の段階です。くれぐれも外部に洩《も》れないようにお願いします」

川添は内ポケットから銀ブチの眼鏡を出し、片手で耳にかぶさった白髪をひとなでしてから、掛けた。息苦しい沈黙が流れる。

「捜査本部の方は脅迫の対象をはっきりとおっしゃいませんでしたが、この文を読むと、一億円は垣沼さんの奥様が用意するようになっていると、私には受けとれるのですが」

口調は、ばか丁寧だが、私が事前に予想していたのと同じ答えが返ってきた。

「確かにそう読めます」

「それでは、奥様に一億円をお貸しせよとおっしゃるのですか」

「そういうことになります」

「しかし一億円ともなると、はいかしこまりましたとお貸しできる金額ではございませんし、返済能力の有無を調査する必要もあります」

「その脅迫状にも書いてあるとおり、明日の十時までに用意せんといかんのです」

「それは分ります。急いでおられることもわたくし個人としては分るのですが、何しろ銀行のシステムとして、その種のお金はすぐ用意できないようになっておりまして……」

「そこを何とかできませんか。人命にかかわることですから」

「非常事態であることは充分存じておりますが……。奥様にお訊《たず》ねします。一億円相当の担保はございましょうか、動産、不動産、何でも結構です」

「ちょっと待って下さい。店長、知ってはるのと違いますか……、あの時、垣沼さんのご主人、おたくの新大阪支店へ融資の依頼に行ってたこと。もう既に土地も建物も抵当に入っているんです」

「新大阪支店のことは存じません」

そう答えた時だけ視線を逸《そ》らした。現職の刑事二人を前にしてとぼけている。

「同じ銀行内やのに、えらい連絡が悪いんですなあ」

こう皮肉るのがせいいっぱいであった。どなりつけたいのはやまやまだが、ここで決裂させては元も子もない。

突然、庸子が涙声で訴えた。

「お願いします。主人さえ還《かえ》って来たら一所懸命働いて、どんなことをしてもお返しします。いま、このお金用意できへんかったら、私一生悔やみます。ひとひとりの命買《こ》うたと思うて貸して下さい、お願いします」

膝《ひざ》の上に組んだ手をじっと見つめながら、自分に言いきかせるように話すその言葉には、夫を気遣う情感があふれていた。

「奥様のご心痛はお察し致しますが、私の一存ではどうにもしようがございませんので……。お金はお客様からお預かりしている大切なものでございますし……」

と呟《つぶや》きながら、川添が老人に視線を移した時、マメちゃんの怒りが爆発した。

「あんた、川添さんとか言いましたな。言葉遣いこそ丁寧やけどちょいと冷たすぎるのと違いまっか。銀行いうたら何ですねん、金貸すのも商売のうちでっしゃろ。何が大阪本店の店長や。器量の大きいとこなんか小指の先ほどもあらへん。ちょっとは人間らしいせりふ吐いてみたらどうでっか。まあ、よう吐けんから、取締役たら肩書きつけてもろて喜んではるのやろけど……よう考えてみなはれ、垣沼さんいったい誰のためにこんな災難に遭《お》うてますねん。あんたが高い高い給料もろてる、この銀行のためでっせ。ほんまやったら、おたくの女子行員が人質として連れて行かれるとこを、垣沼さんが代わりに連れて行かれたこと、知ってまっしゃろ。いわば銀行にとって恩人でっせ。その恩人のためにたった一億くらいの金出せんとは何事や。それもただくれとは言うてへん、貸してくれと言うてますんや。預金残高が十二兆円もあるようなお大尽がたったの一億円もよう貸しまへんのか。大きな新しいビル、何十億もかけてどんどん建て替えてからに……まだ何年でも使えるのにもったいない。この間、大蔵大臣が言うてましたやろ。銀行が都会の一等地を金にあかせて買いまくり、大きなビル建てる悪習がはびこっている、よって強力な指導が必要である……。確か、テレビでそう言うてましたがな。年間何億もの政治献金はする、総会屋には定期的に金包む、おまけにその種の金は課税対象になること覚悟で、使途不明金として計上してますやないか。そんな死に金使うんやったら、一億円くらい気前よう貸したらどないですか。それに、いまでこそ新聞には内緒やけど、事件が解決してから、三協銀行は人質に一銭も出さんかったということが大々的に報道されてみなはれ、えらいイメージダウンになりまっせ。たったの一億円が大事か、銀行のイメージが大切か、それくらいの損得勘定やったらできまっしゃろ。ええ、どうです、一億円貸してくれますのか」

「貸そ。貸しましょ」

と、マメちゃんの啖呵《たんか》に調子を合わせて返答したのは、部屋の奥に坐っていた老人であった。いつの間にやらソファーの脇に立っている。

「申し遅れました。私、頭取の加賀美《かがみ》です」

どこかで見た顔だと思っていたが、加賀美と聞いてはっきりした。加賀美啓介《けいすけ》、いまも三協銀行頭取には違いないが、それよりも日本経済団体同志会の会頭としての方が名が通っている。銀行経営よりも財界活動に重きを置き、そのアクの強さで、十年近くも会頭の座を守り通している。

これほどの大物が同じ部屋にいたとは驚きであった。道理で秘書課長がいるはずだ。いくら大阪本店とはいえ、支店長クラスに毛の生えた人物に秘書課長が付き従うのは、考えてみるとおかしい。今回の事件のため来阪《らいはん》していたのかも知れない。

「川添君、どんな事態にあっても、お客様あっての銀行ということを忘れてはいかん。垣沼さんもお客様の一人です。まして現在は非常に危機的な状況です。こんな時、しゃくし定規に対応していたら、預金者の皆さんの信頼を失う。こちらの刑事さんのおっしゃるとおりです。三協銀行ともあろうものが、一億円と人命を秤《はかり》にかけたなどと報道されてみなさい、十億や二十億の損失では済みません。大阪本店店長ともなればそれくらいのことはすぐ判断できるよう、日頃から勉強しておく必要があります」

川添は消え入りそうに小さくなっている。それにしても、マメちゃんの説得に新聞云々《うんぬん》のくだりがなかったなら、こんな具合にあっけなく事態が急転したかどうか疑わしい。川添にはお客大事と説教しているようだが、加賀美の心情もそう変わりはないように思える。

本音はどうあれ、頭取が身代金を貸すと言明しているのだから、素直に喜ぶべきことには違いないが、こんな人物が集まって日本を動かしているのかと思うと情なさを通り越して空恐ろしささえ覚える。ともかく庸子の心労が少しでも減ったのだから評価はしよう。

加賀美が庸子に言った。

「奥さん、念のため申し上げておきますが、一億円は差し上げるのではない。借用証書を提出してもらいます。それが銀行のシステムですから。これを崩すと銀行業の根幹まで崩すことになります。ただし利息は要りません。一億円もの大金に利息をつければとうてい返済不可能でしょう。もちろん犯人が逮捕された時は、即刻返済してもらいます。……こんなところでどうでしょう?」

「ありがとうございます。助かります」

庸子は加賀美に深々とお辞儀したが、私に言わせれば、それは加賀美の猿芝居以外の何ものでもなかった。同じ大根役者なら村橋の方がよほど可愛気がある。

何しろ、頭取直々のご命令であったから、その後の銀行の対応は迅速この上なかった。

本店はもちろん近辺の支店にも連絡して、一時間も経たぬうちに指定どおり、古い一万円札で一億円が集められた。

その間、私は村橋に連絡して新米刑事を二人派遣してもらった。札のナンバーを控えるためである。

一分間に八枚から九枚、一時間に約五百枚、二人いれば十時間で一万枚。札のナンバーを全て書き写すことができる。

非公開捜査であるから行員の応援を求めることはできない。この種の単純作業は当然若手の仕事である。私のようなベテランがすべきことではない。

金が集められ、新米刑事が到着したことを確認して銀行を出た。

庸子を自宅まで送り届け、私とマメちゃんは捜査本部に戻った。

3

村橋に交渉の結果を報告する。いたくご満悦の態《てい》で黒マメコンビを誉めちぎるが、別段嬉《うれ》しくもない。村橋の誉め言葉が単なる社交辞令に過ぎないことを長年のつきあいで知っているからだ。その証拠に、私達に食事する時間さえ与えず、すぐ捜査会議に出席せよとのたまった。やれやれ……。

事件発生から三十一時間。四月二日、午後六時三十分、捜査会議が始まった。

場所は北淀川署第二会議室。スチール製の折りたたみ式テーブルと、椅子が配置されているだけの殺伐たる部屋だが、捜査会議にはこんな場所こそ似つかわしい。

最初、各捜査員からの報告があった。めぼしい収穫はない。あえてあげるなら、犯行に使用された拳銃が二二口径の改造拳銃であると断定されたことと、銀行の防犯カメラに撮られた犯人の写真が各捜査員に配布されたことであろう。

次に神谷が立った。

「本日、犯人から一億円を要求する脅迫状が届いた」

一同の間にどよめきが広がる。

「最初に注意しておくが、この件はまだ非公開や。その点、よく注意するように。それでは報告する。本日、午前十時五十分、吹田市千里新町竹山台《せんりしんまちたけやまだい》三丁目五の八、伊藤《いとう》酒店に電話があり、店主の伊藤正雄《まさお》さん五十八歳が出たところ、男の声で、交番に届け物がある、代わりに届けてくれ、と伝言があった。伊藤さんは店頭の自販機を調べて——といった状況や。これが脅迫状のコピー。カタカナばっかりで読みづらいから、漢字交じりに書き直した文を添える」

と、例の資料を配布した。村橋の訳文は誰かに清書させたらしく、読みやすい字になっている。「開放」が「解放」と正しく訂正されているのがおもしろくなかった。マメちゃんもそれが不満らしく残念そうな表情を作った。

うてくれ」
「筆跡鑑定の結果、左手で書いたことが判明したが、字体を意識的に崩しているため、具体的な特徴は摑《つか》めていない。封筒と便箋《びんせん》の製造元、入手経路等は現在調査中や。もちろん、指紋は付着していない。いままでの説明に質問や疑問点があったら、何なりと言うてくれ」

誰も手をあげない。配布されたコピーを読みかえしている。

「それでは、課長、お願いします」

と、神谷が一礼して坐《すわ》った。捜査員の視線が堀内《ほりうち》に集中する。

――府警本部捜査一課長、堀内剛《たけし》の名を知らぬものは府警本部にはいない。数年もすれば次々とポストが変わるキャリア組とは違って、堀内は叩《たた》き上げであった。刑事畑一筋に歩いてきた根っからの職人気質《かたぎ》の上、旧制中学卒という学歴のハンデもあり、これ以上の昇進は望むべくもないが、その能力は誰もが認めるところである。五十代も半ばを過ぎてそろそろ後進に道を譲る時期も近いようだが、その眼にはまだまだ衰えを知らぬ強靭《きょうじん》な意志の強さを秘めている――。

「いままでの報告にもあったように、地道な捜査を継続するのは当然であるが、本日、この会議で主に検討してもらいたいのは、明日《あした》の我々の行動についてであります。脅迫状の内容どおりであれば明日午前十時、垣沼家に犯人から電話がかかってくる。いかに対処するかを、この会議の席上で検討していただきたい。質問、意見があれば遠慮なく述べて下さい」

先の幹部会議で、取引に応ずるとの結論が出たらしい。

おずおずと手をあげて一人の捜査員が発言する。

「犯人からの電話に対してどんな態勢でのぞむつもりですか」

「神谷君を中心とした一課の捜査員、五、六名が垣沼家に詰める予定です」

堀内は手短に答えて、あとを神谷に任せた。

「テープレコーダー等の設置には科学捜査研究所の応援をあおいでいる。設置は今夜中に完了させるつもりや。もちろん、機器類の運び込みは目立たんよう充分注意して行う。電話局には、発信元を探知するよう依頼済みや」

「金の運び込みはどないしますか。垣沼家のまわり、新聞記者がうろうろしてるかも知れへんよって、もし気付かれたら、あとあと支障があるのと違いますか。それに脅迫状の件、記者にはいつ発表するんですか」

「発表はこのあと一課長にしていただく。それから、一億円は機器類の搬入とは時間をずらして、やはり今夜中に運び込む。刑事三、四人で運ぶ段取りしてる。前後にはパトカーつけるから、万一犯人が車を襲うことがあっても、まず大丈夫やろ。ま、その方がこちらにとっては好都合かも知れん。犯人を捜す手間が省ける」

「この脅迫状の指示どおり、金を用意して電話を待ってるだけでっか。他に何かええ手段《てだて》ありまへんのか、何かあるはずでっせ」

とかみついたのは、昨日捜査報告の席上でも、ぞんざいな言葉遣いをしていたゴマ塩頭の刑事だった。自分からは何の提案もできないくせに文句だけは一人前だ。どこにもこの手合いがいる。

「いまは、待つことしかないようや、そういう笹野《ささの》君に何かええ案あるんかいな、あったら教えてもらいたい」

ゴマ塩頭は笹野とかいうらしい。神谷がうまくいなしたので、それからは黙りこくってしまったが、笹野の発した質問は、すなわち全捜査員の課題でもあった。

沈黙が続いた。

「みんな、えらい静かになってるから、先に言うとこ。……この事件《ヤマ》には共犯がいる」

それを聞いて部屋がざわめいた。神谷は自分の言葉の効果を確かめてから、おもむろにあとを続ける。

「まあ聞いてくれ。理由は犯行後の犯人の動きや。犯人が姿を消した四月一日の午前十一時三十六分から、酒屋に電話のあった翌日の午前十時五十分までの約二十三時間の間に、犯人は、車を隠す、垣沼さんをどこかに監禁する、脅迫状を書く、小指を切りとる、それを封筒に入れて酒屋の自販機に貼りつける。ざっとこれだけの作業を済ませた。いまだに逃走車が発見されてないことからみて、車の隠し場所、すなわち、垣沼さんの監禁場所やと考えられるから、これは何とか一人でできるとしても、あとの作業は共犯が存在せんかったら実行できん、という結論に達したんや。脅迫状はこのコピーを見ても分るように、便箋五枚分も書いとる。ただ書けばええ、いうのと違《ちご》うて、自分の要求を洩れのないように確認しながら不自由な左手で書かんといかんから、これだけでも二時間や三時間はかかる。小指を切断するのも、一人ではしんどい。何ぼ拳銃で脅したところで、垣沼さんが自主的に切るわけないのやから、昏倒《こんとう》させるか、何人かで押さえつけるかしてから切らんとあかん。そのあと酒屋まで、近いか遠いかは分らんけど、脅迫状を持って行った。その間、負傷して弱っているからというて大の男を見張りもつけずに放ったらかしにしておくということは考えられん。以上のことから共犯が存在すると断定した」

神谷は、一気に喋《しゃべ》り終えて、ゆっくりとたばこを咥《くわ》えた。

「なるほど、まことに理論的な意見ですな。感心しました」

前の方でそんな声があがった。ちょうちん持ちもいる。

「明日、取引現場で犯人を逮捕した場合、共犯が垣沼さんに危害を加えるおそれはないんですか」

至極まっとうな質問が出た。

「その件についても検討した。心配ない、容赦なくパクッてくれ」

「しかし……」

「よう考えてみい。ここにAとB、二人の犯人がおるとする。Aは人質の監視役で、Bは取引に出かける。Bがパクられた時、Aはどうする？……人質を殺すか？……殺すわけがない。Bが捕まった以上、人質にはもう何の価値もない。殺す理由もない。おっつけ自分の居どころもBがゲロしよる。こらあかん、逃げよかということになる。これ以上、罪の上積みすることはできん、警察に救助させといてから逃げよか……ここでAから匿名の電話が警察にかかる。……ま、こんなふうに理想的にことは運ばんやろけど、犯罪者の心理はえてしてこんなところや。元々、欲で結びついとるだけやから、金の入る可能性のなくなった時点で、二人の関係はきれいさっぱり解消する。そんなもんと違うか」

これまた、極めて論理的な回答であった。

神谷はたばこに火を点《つ》ける。

「質問」

手をあげたのは隣に坐っているマメちゃんであった。「この脅迫状の内容についてですが、金と車用意させた上に、警察に対すること細かな注文まで書いてあります。一般的な脅迫状であれば、とりあえず金を用意しておけとだけ指示してくるはずです。このことから考えるに、犯人は明日十時の電話で取引場所を指示して、すぐにでも奥さんに金を持ち出させるのやないかという気がします。あの奥さん、免許持ってはるし、一億ともなると重たいからおそらく車で運ばせることになると思いますが、その場合の追跡捜査はどうなります？」

「わしもそのことには気が付いてたから、垣沼家のまわりに覆面パトカーを五、六台配備しておくよう計画してる」

「具体的にはどこですか」

「それはわしが現場に行って検討する」

「キャップ、それでは遅いのと違いますか」

「何でや？」

「車を使うということは、つまり、相当の遠方まで金を運ばせる可能性があると考えられます。京都や神戸《こうべ》まで運ばせることもあり得ます。それをたった五台や六台の車で尾行するのでは、見失うおそれがありますし、犯人に気付かれる可能性もあります」

「それやったらそう仮定してみて、亀田君に何かええ計画でもあるんか」

神谷はマメちゃんが執拗《しつよう》に食いさがるので不快そうな表情を露《あらわ》にしている。

「ええ計画かどうかは分りませんけど、垣沼家を中心として、そこから延びる幹線道路には全て尾行用の車を配置すべきです。それも二台ずつ。途中で連絡をとりながら尾行用の車を替えていかんとあきません。犯人が警察用無線を傍受することも考えられますから携帯用のトランシーバーを利用することも提案します」

「よっしゃ、分った。亀田君の意見、ありがたく頂戴《ちょうだい》しとく」

面倒になったのか神谷は適当なところで話を収めた。

「他に質問、意見ないか」

「すんません、もうひとつ……」

またマメちゃんであった。

「また君かいな。何ぞ悪い虫でもついとるのと違うか」

ハハハと笑ってみせた神谷の頰がこわばっている。

「脅迫状には、金と車を用意しておけとありますが、車の方はどうなってます？」

「垣沼の奥さんにも覆面パトカーを提供する。奥さんひとり乗ってもらうわけにはいかんから、後部座席とトランクには捜査員ひとりずつ隠れさせる予定や」

どうだ、これで文句あるか、というような神谷の強い口調であった。マメちゃんの追及がひとまずやんだ。

他の捜査員も発言する。

「札束は本物を使わんでもええのと違いますか」

「犯人が取引の現場に現われるなら逮捕できる確信はあるけど、万一のことも考えて本物を用意してる。札のナンバーは銀行に捜査員を派遣して全て控えさせてる」

「垣沼さんの奥さんの安全は確保されてますか」

「正直なところ、万全とは言えん。さっき言うたように車の中には捜査員が一緒に乗り込んでるけど、車の外に出るようなことがあったら、多少の危険性はある」

「犯人は拳銃を持っとるんでっせ。今度は奥さんを人質にとって逃げよることがあるかも知れん。奥さんでのうても、そこらを歩いてる人間誰もが人質になる可能性がある。そんな事態になったら、どないします」

例の笹野刑事であった。懲りない性格らしい。

「そんな事態にならんよう努力するのが我々の務めや」

「具体的にはどう努力するんでっか」

「つまり……可能な限りの人員をその取引現場に集結させて……一般市民には被害のないよう充分配慮して……」

まるで国会答弁だ。神谷は額の汗を拭《ぬぐ》いながらポツリポツリ答えるが、ただ言葉の羅列であって、内容がない。

「キャップ」

しびれを切らして、マメちゃんが手をあげた。「普通、金の受け取り場所として、人目につくようなところは選ばれません。人通りが多いということは何かと障害になりますが、これは我々にとっても、犯人にとっても言えることです。犯人にすれば、まわりにいる人間のうち、誰が、いつ、敵にならんとも限りません。また、人質をとってるからいうて、今度はそうそう簡単には逃げられるはずがありません。それと、札束が勝手に歩いて来るわけないんやから、必ずどこかに犯人は現われます。現われはするけど、いままでの誘拐事件の例から考えて、犯人が金の運び役から直接金を受けとることはないと思われます。金をどこか指定する場所に置かせておいて、機会をみてそれを奪うのが一般的なパターンです。今回は車を用意するように指示してますから、走ってる車から金を放り出させて、あとからそれを拾うような計画を練ってるかも知れません。犯人が我々の前に姿を現わすことがあれば、その時こそ、犯人の逮捕される時です。そやから一般市民に危害が及ぶことは、可能性としてはあるけど、そんな事態が現実に起こるとは考えられません」

まことにもっともな意見である。私の明晰《めいせき》な頭脳をもってしても、この論理を打ち破るのは難しい。正直いって、マメちゃんにこれだけの能力があるとは考えてもみなかった。その情報分析力と説得力には敬意を表したい。

「それから、もうひとつ提案があります。ぼくは、必ずしも垣沼の奥さんが金を運ぶ必要はないと考えます。確かに脅迫状では奥さんを指名してますが、犯人はどうやって金を運んで来た人物を垣沼庸子さんやと判定できます？……事実上、不可能です。そら、犯人、垣沼さんに人相や服装くらい訊《き》いとるやろけど、初めて見る他人を奥さんと断定できるわけがおませんし、多分、奥さんとは直接会う機会もないはずです。要するに金を運ぶのは、女性であったら誰でもええのです。さっき、ぼくは危険性が少ない言いましたけど、ないとは言い切れません。そやから、金を運ぶのは婦人警官が望ましいと考えます。その方が何かと好都合です。さっきまで一緒におりましたけど、垣沼の奥さん、横から見てても、かわいそうなくらい憔悴《しょうすい》してはります。ご主人行方不明の上に、今日は金の段取りまでして……もうこれ以上奥さんに心配かけとうないんですわ」

「実はわしもそのことには気付いとった。提案しようと思うとったんやけど、婦人警官の人選の問題もあるから、いままで黙っとったんや。課長のご意見もお聞きせんことには……」

指摘されて、たったいま気付いたくせに、そのことをうまく糊塗《こと》した上、暗に人選を課長に任せるように持って行くあたり、神谷一流の処世術である。

「亀田君の意見、もっともです。人選は私がするから、その方向で取り組んで下さい」

堀内もそう答えざるを得ない。

「他に意見、質問等あったら……」

もう誰も手をあげなかった。

壁の時計が十時を指そうとしている。どの捜査員の顔にも疲れが見える。

「それではここで五分ほど休憩をとる。その前に課長からもう一度捜査員各位に対し注意をいただく。課長、お願いします」

堀内が立ち上る。

「くどいようですが、この事件における捜査の基本は人質の救出にあります。それも早急な救出が必要です。そのことを肝に銘じて行動していただきたい。それから、犯人が拳銃を所持していることを、いつも念頭において下さい。仮に犯人と遭遇しても、軽率な対処をすると、捜査員はもとより一般市民まで巻き添えにするおそれがあります。捜査員の生命《いのち》も大切ですが、一般市民の生命はもっと大切です。かすり傷ひとつ負わせてもいけません。このことだけは、いつ、どんな事態が起ころうと、忘れることのないように願いたい。自分の立場と周囲の状況を慎重に判断して行動するように。以上注意しておきます」

休憩のあと、具体的な捜査分担や人員配置について、神谷から改めて説明と指示があったが、内容は殆《ほとん》ど覚えていない。それも当然で、全く聞いていないのだから覚えているようはずがなかった。他人の捜査分担まで聞く耳は持たない。専ら眼をつむって英気を養うことに執心していた。決して居眠りしていたわけではない。自分なりに事件の流れを反芻《はんすう》していただけだ。

予想どおり、私とマメちゃんは、神谷、村橋ほか数人の捜査員と、垣沼家に詰める役を仰せつかった。庸子のやつれた姿を見るのはつらいし、またそれ以上に、四六時中、神谷や村橋と同じ部屋にいるのが気詰まりではあったが、捜査の流れからいっても、我々が最もふさわしいには違いなかった。

捜査本部をあとにして、垣沼家に向う。ぐずぐずしていたら、神谷が我々の車に同乗すると言いだすおそれがある。

車のラジオが十一時を報《しら》せた。さすがにこの時刻になると、大阪市内も道路は空《す》いている。酔客を乗せたタクシーが制限速度を無視してとばしている。彼らにとっていちばんの稼ぎ時であるだけに無理もない。我々の車を追い越して行く赤い尾灯がやけに目立つ。

喫茶店で包んでもらったサンドイッチをほおばりながら、マメちゃんが言う。

「呑《の》んで、歌《うと》うて、ホステスの尻《しり》さわって、騒ぐだけ騒いで、あとはタクシーのうしろですなあ。ぼくら、ろくに眠りもせんと朝の早《は》ようから働いて……こんな味気ないもんにふんぞり返っとったら、家まで連れて帰ってくれる。普通のサラリーマンが羨《うらや》ましい

ですなあ。ぼくら、ろくに眠りもせんと朝の早《は》ようから働いて……こんな味気ないもん食うて、その上、まだこれから働かんといかん……因果な商売に首つっこんでしもたもんや。時々ほんまに嫌になることありまっせ。黒さんそんな気になることありませんか」

「ある、ある、いつでもそうや。わし、いままで何回転職考えたか分らへん。うちの嫁はんは、うだうだと文句ばっかり言いよるし、子供ともめったに遊んでやられへんし……もうほんまに何でこんなことせないかんのやろといつも思う。せやけど、わしもう若《わこ》うないから、そうそう大きな変化を求めることできへんし、結局、しんどい、しんどい言いながら、一生この調子やないかいなと考えてる」

「そやかて黒さん、まだ三十代でっしゃろ。決して遅いことおませんで」

「どういう意味や、わしに刑事をやめろと言うんかいな」

「いや、そういう意味やおません……ただ遅うないと言うただけで、深い意味はありません。黒さんにやめられたら大阪府警の損失ですがな」

「そんな、とってつけたような言い方せんでもええやないか……マメちゃんの方が若いねんから、マメちゃんこそ考えてみたらどうや」

「ぼくはあきません。多分、一生このままですわ。もうひとり身やないのやし、近いうちにまたひとり増える。どないあがいたってあきません」

マメちゃんは去年の春結婚した。子供はまだない。しかし正確には、半分くらい「ある」と言った方がよさそうだ。今年の冬、出産予定である。

「そやけど、ぼくもあと四、五年して黒さんの年代になったら、考えが変わるかも知れません。時間的に不規則な仕事やし、昨日や今日みたいに帰られへんことも多いし……なんか情のうなりますなあ」

「その、情ないというのがひっかかるなあ。いまのわしが情ないように聞こえる」

「またすねる……ただ、この稼業が情のうなってきただけです」

「新婚早々から、そんなつまらんこと考えんでもええ。とりあえず明日《あした》のことだけ考えよ」

「そうしましょ。なんや知らんけど、黒さんとやったらすぐ話が横道にそれる」

「そら、こっちのせりふや」

最後のサンドイッチをパック入りのミルクで胃に流し込み、口直しのたばこに火を点《つ》けた時、垣沼家に着いた。

近くの路上に駐車する。幸い附近に記者と覚しき人影は見当らない。目立たないよう、ひとりずつ車を降りて垣沼家の扉を小さくノックする。開けたのは、夕方からここに詰めている北淀川署の佐藤《さとう》とかいう新米刑事であった。

八畳ほどの居間をのぞくと、二人の男が部屋の真中のテーブルに電話機を置いて、テープレコーダーのセットに余念がない。先程、捜査会議の席上、神谷から報告のあった府警科捜研の所員であろう。簡単な挨拶《あいさつ》と紹介を済ませて、我々は脇のソファーに身を沈める。庸子の姿がないところをみると、もう寝ているのだろう。顔を合わせれば、慰めの言葉のひとつもかけないといけないが、そうしなくて済むだけでも、随分気が休まる。神谷の到着と、一億円の運び込みと、どちらが先になるかは分らないが、それまで私とマメちゃんには、とりたててすることがない。

昨日からの寝不足で、頭も体も重い。ソファーに深く腰をおろして身をもたせかけていると、まぶたまで重くなってくる。忙《せわ》しく立ち働いている科捜研の連中の手前、あからさまに眠るわけにもいかず、たて続けにたばこを吸っていると、佐藤がコーヒーを運んできてくれた。キッチンには、熱いお茶とコーヒー、おにぎりと味噌汁《みそしる》程度の簡単な食事も調えてあり、自由に飲食するよう、庸子が佐藤に伝えたそうである。

それを聞いて佐藤の無神経さに、ひどく腹が立った。憔悴しきった庸子が、台所に立っているのを、ただ漫然と見ていたのであろう。市民警察を標榜《ひょうぼう》する第一線の警察官が、その程度の配慮すらできないのでは、先が思いやられる。我々だけならまだしも佐藤まで、庸子の入れておいたコーヒーを何の遠慮もなく飲んでいる。それを見ると余計に腹立たしくなる。

こういう輩《やから》に限って、昇進試験だけはすんなりパスして順調に出世して行く。あの神谷も、若い頃は似たような勤務ぶりであったに違いない。

たばことコーヒーで、ほんのしばらくは静かであったマメちゃんが口を開いた。

「こないしてじっとしてたら、何をするのも嫌になりますな。いまごろ犯人、どないしとんねやろ。ない知恵しぼって明日の計画練っとるんやろか。どないして金奪ったろかと……」

「うん……」

「そやけど、結局のところ、出たとこ勝負になりますなあ。ここが誘拐犯罪の難しいとこや。犯人からの指示があるまでじっと待っとかんとしょうがない。間が持たんわ。村長も、一億円も、いつ来るやら分らへんし、それまで英気を養《やしの》うときましょ。眠たい時は眠るに限る」

喋《しゃべ》り終えて、背広のポケットからよれよれのハンカチを出して眼のあたりに掛けると、そのままうしろに倒れ込んだ。クッションを枕代わりにして、本格的に眠る体勢をとっている。動作が自然で、あっけらかんとしているだけに、まわりの人間の反感を買わない。マメちゃんに具《そな》わった人徳とでもいおうか、ともかく得な性分である。

眠気覚ましに、そっと部屋を出て玄関に向う。外はいつの間にか小雨模様となっていた。

車を駐《と》めたすぐそばに、公衆電話ボックスがある。先程、目星をつけておいたものだ。コートを頭上にかざして走る。

十円玉を入れるのももどかしく、ダイヤルをまわす。長いコールのあと、やっと佐智子が出た。

「えらい遅いやないか、何しとってん」

「いま、お風呂《ふろ》入ってる途中やったから」

「美加《みか》出してくれ、美加」娘の美加は五歳、かわいいさかりだ。

「もう寝てます」

「かまへん、起こせ」

「そんなこと言わはったかて……もう十二時前やのに」

「かまへんやないか、声聞かしてくれ」

「もう、あんたいう人は。……ちょっと待って下さい、起こして来ます」

パタパタとスリッパを鳴らして佐智子が遠ざかった。

音のないまま時が過ぎる。美加がむずかっているのだろう。

ブーッと硬貨の追加を催促する音がする。あわててポケットの小銭を洗いざらいかき出してみたが、あいにく十円玉がもう一枚もない。何という不覚。

「おとうちゃん?」突然、美加の声が柔らかく響いた。

「ああ、美加か……今日はどないしとったんや」

「おとうちゃん、あのね、美加ね……」

そこで通話が途切れた。くそっ、忌々《いまいま》しい。思わず棚にあった電話帳を払い落とした。

すごすごと垣沼家にとって返すと、玄関の扉の向うから、村橋のしわがれ声が聞こえる。

「おう。黒さん。どこに行っとったんや、おらへんから心配したで」

村橋は、私の顔を見るや、咎《とが》めるように言った。

「ちょっと外の様子を頭の中に入れとこかと思うて」

「そうか、それはご苦労さんなことで。黒さんくらいのベテランになると、そこまで配慮するんやな。見習うべき心構えや」

眠っていたマメちゃんを、横眼で見ながら喋る。私は一応、素直に受けとって、照れ笑いをしてみせた。

「キャップ、一緒やなかったんですか」

「神谷はん、まだ打ち合わせや何やら、済ませとかなあかんことぎょうさんあるから、明日の朝、こっち来る言うとった」

あえて「神谷キャップ」と呼ばないところに村橋の意地が感じられる。

「そのテーブルの上にあるの、例の金ですか」

「そや、いま運び込んだばっかりや。さすが一億円ともなると、重たいで」

セットされたテープレコーダーの横に、犯人の要求どおり、唐草模様のふろしきに包まれた身代金が置かれていた。村橋のほかに沢居と、第七係の池田《いけだ》、鈴木《すずき》、勝井《かつい》がいるところをみると、五人で運んで来たらしい。えらく大がかりな陣容だ。

「人目につかんように運ばんといかんから、往生したわ。それにひょっとして犯人が途中を襲うてくることもあるかも知れんから、うかつなこともできんし、緊張の連続やったで。もうクタクタや」

「それはどうもご苦労さんです」

「まだ三分の一くらいしか札のナンバー控えてへんのや。いまからここにいるみんなで手分けしてせんといかん。黒さんも手伝《てつど》うてくれるか」

包みをほどきながら、村橋が言った。その言葉どおり、輪ゴムでとめてある札より、まだ帯封のしてある札の方が、はるかに多くふろしきの中に収まっていた。

私とマメちゃんが銀行を出てから、もう七時間にはなる。まだ三分の二残っているとなると、私達がナンバーを控えるように指示した、あの二人の若手捜査員は、いったいどんな状態で作業していたのであろうか。予定では、一人で一時間に五百枚。二人では千枚を書き写すことができるはずであったから、少なくとも半分は作業済みでないといけない。あの二人の怠慢な作業ぶりが目に浮かぶ。

「この輪ゴムでとめてある方は、もうナンバーを控え終った札や、早速始めよか。わしはチェック係や」

と、自分だけは実体のない役割を決めこんで、ソファーにどっともたれ込む。厭味《いやみ》のひとつも浴びせかけたら気分もすっきりするだろうが、とっさに口に出せる才覚など私にはない。マメちゃんなら可能であろうが、寝入りばなを起こされたせいか、精彩のない顔をして押し黙っている。私、マメちゃん、沢居、池田、鈴木、勝井、佐藤の七人が黙々と単調な作業を開始する。科捜研の二人はテープレコーダーの操作方法を説明し終えると、そそくさと帰って行った。間違っても、手伝いましょうなどとは言わなかった。村橋だけは上機嫌で、明日《あす》の――もう今日になっているが――捜査態勢や、それに対する自分の意見を、とうとうと言いたてる。相槌《あいづち》こそ打つが、誰も真剣に返事をしない。実際そんな余裕などない。機械的に札束をめくり、しゃにむにナンバーを書き写していると、頭の中が空っぽになる。これが自分の金なら、あれを買って、こう遊んでと、いろいろ楽しい想像をめぐらすこともできようが、どうせ一時の見せ金だと思うと、そんなことすらする気になれない。

長い退屈な夜の始まりであった。

視野が急に明るくなって眼が覚めた。開け放たれた窓から、外の強い光が部屋いっぱいに射し込み、淀《よど》んだ生暖かい空気が洗い流された。ブルッと寒さにひと震えすると本格的に頭も覚める。一服吸いつけて、我が愛用のウォルサムを見る。もう八時になろうとしていた。

大の男が大勢でとりかかっただけあって、午前四時には作業が終り、一億円を囲み、そのまま雑魚寝《ざこね》の状態で仮眠をとったのであった。からだ中にねっとりと脂の膜が貼りついたようで、動くたびに皮膚が衣服をひきずる。しわだらけの背広がそのまま体型を形作っている。みんなソファーから半身を起こして、眠い目をこすっている。

テープレコーダーに、濃い緑色の悪趣味極まりない綿コートが、無造作に掛けてある。

神谷の所有物だ。隣のキッチンで味噌汁《みそしる》をズーズーすすり込んでいるのが、多分彼であろう。下品な食い方だ。時おり庸子の声が交じるところをみると、給仕でもしているのだろう。ご苦労なことだ。予定どおりなら、あと二時間で審判が下る。庸子はいたたまれない気持ちを、そんなことで紛らわしているのかも知れない。

楊子《ようじ》を使いながら、神谷が部屋に戻ってきた。そのうしろには女が二人。一人は庸子、あとの一人は制服を着ている。身代わり役の婦人警官であろう。顔かたちに相当の開きはあるが、二十代後半で、背格好は庸子と殆《ほとん》ど同じ。髪をセットして庸子の服を付ければ、遠目には判別し難《にく》い。

「みんな、しゃんとしたか？　もうひとがんばりや。気を引き締めてやってくれ。先に紹介しとく、中杉佳子《なかすぎけいこ》巡査。今回、奥さんの身代わり役を志願してくれた。平常は北淀川署の交通課に勤務している優秀な警察官や」

中杉はしゃちほこばって、ピョコンと頭を下げた。心なしか青ざめた顔色とひきつった表情に、若さが見える。本当に自分から志願したかどうかは疑わしいが、こんな大役をもらって、緊張の極に達しているようだ。

「それではこれから、今日の捜査分担を指示する。なに……朝めし？……そんなもんはあとでええやないか。とにかくや……わしを含めて、いまここにいる十人は、犯人から連絡が入るまでこの部屋に待機すること。中杉君が金を持って出かけたら、村さんと沢居君はすぐ車で尾行してくれ。犯人にそれと覚られんように、ある程度間隔をあけてついて行くように。勝井君と佐藤君はこの場に残って何かの時の連絡係。尾行は無線で連絡しながらするから、はぐれることはないと思うけど、あんまり離れすぎてもいかん。いざという時の対処ができんでは困る。ひょっとして、徒歩で金を運べという指示があるかも知れんけど、その時はもちろん歩いて尾行してくれ。この場合は、もっと間隔をつめること。多少の危険は覚悟の上や。走ったらすぐ追いつける距離を保ってくれ。防弾チョッキと短銃、忘れたらあかんで」

「ぼくと黒さんはどないします」マメちゃんが訊《き》いた。

「歩いて尾行する場合は、池田君、鈴木君の組から、ちょっと離れて尾行して欲しい。それから、車で尾行する場合は、二人とも、セドリックに乗ってくれ」

「セドリックいうたら？」

「中杉君の乗る車や」

「ということは、ぼくらトランクに押し込められるいうことですか」

「ぼくらやない。ぼくだけや。あんな狭いところに二人も詰め込まれへん。黒田君は悪いけど、後部座席に隠れといて欲しいんや。いつでも飛び出せる状態でな」

昨日の捜査会議で神谷をやり込めたツケが、きっちりとまわってきた。神谷はどうしてもマメちゃんに清算させる腹づもりでいるらしい。

「せやけど、キャップ、トランクにとじ込められたら、いざという時出られませんがな。あれ、中からは開けられへんよって」

「ちゃんと中から開けられるような細工をするように頼んである」

「………」そこまで準備されていれば、マメちゃんにも、反論の余地がなかった。

「君らの役割は、いま言うたとおりや。他の捜査員との連携もあるから、附近の地図見ながら説明する。ええな」

居丈高に言いおえると、神谷は持参した革のアタッシェケースを膝《ひざ》の上に置いた。

それは、彼が常日頃持ち歩いている自慢の品で、イタリアの何とかいうブランドものだと、しきりに吹聴《ふいちょう》しているのを聞いたことがある。この種の品に不案内な私にも、確かに高価そうな造りであることは理解できるが、それが持主に似つかわしくないことはより一層明確に判断できる。いつだったか若手の捜査員が「キャップ、ええカバン持ってはりますね」と、皮肉まじりに誉めた時、神谷が「一点豪華主義やで、君」と、答えたことがあった。あとで、みんなに「あれがほんまの、掛け値《かけね》なしの一点豪華主義やで」と、茶飲み話の種にされたことなど、神谷は知る由もない。

まわりの眼を意識しながら、金色のダイヤル錠をおもむろに操作すると、蓋《ふた》がパカッと開いた。中には数枚の地図と百円ボールペンだけが収まっていた。殻《ガラ》と中身のあまりの落差に、思わず笑いがこみ上げる。紙きれ数枚を持ち歩くのに、大きなアタッシェケースなど要らない。刑事には、くたびれた背広とまがったネクタイ、片減りした靴こそ似つかわしい。

地図を広げて、神谷は説明を始めた。

「堀内一課長ともいろいろ検討した結果、この赤いしるしのついた所に、車を配置することになった。全部で五台や。どの車にも二名以上の捜査員が乗ってる。これだけの車があったら、尾行には差しつかえないやろ。場合によっては沿線の警察署からも、応援を要請できるような態勢を敷いてある」

　何のことはない、昨日、マメちゃんからあった提案そのままの配置だ。尾行用車輛《しゃりょう》と人員配備については、これが現在考えられる最善の策であると言ってもいいだろう。

「犯人が現われたら、即刻逮捕してくれ。しばらく泳がせておいて垣沼さんの居どころをつきとめようなどという、悠長な考えは捨てんといかん。とにかく、こいつが犯人やと判断したら躊躇《ちゅうちょ》なく逮捕すること。それも犯人が拳銃を振りまわすようなことにならんうちに逮捕するんや。ただの誘拐犯と違うところはここや。いつ、どこで、どんな方法で逮捕するかは、君らの判断に任せるほかないけど、犯人と撃ち合いになるような事態は絶対に避けてくれ。このことだけは何が起こっても忘れんように。ええな」

　神谷に念を押されるまでもなく、犯人の逮捕には相当の危険が予想される。どの捜査員の顔も引き締まっている。

「中杉君は何も考えずに、ただ犯人の指示するままに動いたらええ。抵抗さえせなんだら危ないことはない。ほな、早速奥さんに服借りて、着替えてくれるか」

　部屋に入ってきた時と同じように、ピョコンと頭を下げて、中杉は庸子といっしょに出て行った。

そのあと十時までの約一時間半は、犯人との通話を長びかせる方策やら、具体的な連携の方法といった、細々とした打ち合わせに費やされた。普段にも増してみんなの口が軽かったのは、そうすることで重々しい緊迫感から逃れようという意識も働いていたからに違いない。

4

四月三日、午前十時きっかり、予告どおり垣沼家の電話が鳴った。テープレコーダーがまわり始め、全員がヘッドフォンを付け終るのを待って、神谷は庸子に合図を送った。震える手で庸子が受話器をとる。

「垣沼です」

「庸子か、わしや……」

「あんた……あんたやね……」

「わしはまだ大丈夫や」

「あんた、ほんまに……ほんまに生きてはったんやね」

「大丈夫や、こんなことでへこたれるわしやない」

言葉とは裏腹に、その声は最後の精気をしぼり出すような苦痛に満ちた喘《あえ》ぎであった。

「あんた……死なんといて」

「心配するな、必ず帰る……」

「よっしゃ、もうええ、それくらいで上等や」

突然、犯人の野太い声が割って入った。

「おれの名前はオオガキや、覚えといてくれ」

「ちょっと待って……」

と庸子が問いかけた時には、電話は切れていた。みんな拍子抜けの体《てい》で顔を見合わせた。

「十八秒きっかり……何と愛想のない電話や。これでは逆探知なんぞ、でけへん」

時計係の村橋が腕時計をにらみつけたまま、ぼそりと抑揚のない声を洩《も》らした。それを受けて神谷が続ける。

「奥さん、さっきの打ち合わせどおり、もうちょっとは話を長びかせてくれんと困りますがな。ご主人のため思うたら、たとえ一秒でも長う話《なご》してもらわんと……」

「キャップ、それは無理というもんです。あの調子やったら、話の接《つ》ぎ穂も何もあったもんやない。仕方おません」

マメちゃんが庸子の弁護にまわる。

「そらそうかも知れんけど……もうちょっと話の持って行きようというもんがあるはずや」

さすがにきつい言葉を吐いたと反省したのか、今度は誰に言うともなく続けた。

「すみません……」

とだけ言って、庸子が泣き崩れた。

こんな時、神谷の偏執的な性格を見る。元々、相手の心情を思いやる神経など持ちあわせていようはずもなかろうが、これでは少しひどすぎる。

何とも名状しがたい沈黙が部屋のみんなを支配したが、それも長くは続かなかった。

それ以上あわてふためきようのない様で、中年の女が部屋にころがり込んできたからだ。細い眼を吊《つ》りあげ、厚い唇から色の悪い歯ぐきをいっぱいにむき出して、唾《つば》を飛ばしながら訴える。ちょっと村橋に似ていると言えば、この女に失礼か。

「庸子はん、電話や。垣沼はんからや。うちにかかってきたんや。庸子はん呼んでくれと……垣沼はん、えらい苦しそうにしてはる。早《は》よう出たって」

あとで知ったが、この女、隣の主婦であった。勝手知ったる他人の家、階段を走り上って、ノックもせずに入ってきたらしい。

主婦の先導で、庸子といっしょに我々も隣の家に走る。こうなったら人目をはばかっている余裕などない。

庸子が電話にかじりつく。

「あんた、私です。……えっ……オオガキさん。……そうです。垣沼庸子です。……ええ。……はい」

通話の相手は犯人であろう。話の内容を摑《つか》めぬことがひどくもどかしい。神谷が途中で受話器をひったくった。

「こらおまえ、垣沼さんをどこへやった。……わし？……警察官や。……それで、……ああ……。分った、約束は守る」

一分ほど話して受話器を置いた神谷に、質問の雨が降る。

「どうでしたキャップ、犯人どう言いよりました？」

「いますぐ、車に身代金積んで、梅田へ走れと言いよった。奥さんひとりで……。国鉄大阪駅、東口前の広場に公衆電話ボックスが三つならんでる……そや、あの大きな広告塔の前や。車、そばに駐《と》めて、三つのうち真中のボックスに入れ。棚の裏に封筒貼ってあるから、それをよう読めとほざいとった。十時四十分までに行かんとあかん。早速、出動や。犯人の言うとおり踊ってみせたろ……。池田君、車こっちにまわしてくれ。それから、中杉君にもすぐ出るよう連絡頼む」

「ちょっと待って下さい、キャップ」

「なんや、黒田君」

「大阪駅東口前の広場いうたら、阪急や地下鉄に乗り継ぐ客で、ものすごう人通りの多いとこです。おまけに、あのあたり、車道の上を歩道橋がとりまいてます。そこから見下ろしたら、車の中、丸見えです。私が後部座席に隠れてるのも発見されます」

「それもそやな」

「シートカバー、余分に用意して下さい。前のシートとうしろのシートの間、あの脚を置くところに何とか寝てみます。上からシートカバー掛けたら遠目には分らんと思います」

「そら、ええことに気付いた。ちょいと窮屈やけど、我慢してくれるか。さあ行こ。防弾チョッキ、忘れたらあかんで」

はからずも、藪《やぶ》をつついてヘビを出してしまった。

時おりシートカバーをめくっても、眼に入るのは煤《すす》けた天井と灰色の空ばかり。雲を背景として、電柱だけが右から左へと移動して行く。

自分から提案したとはいえ、身長百七十センチの私が脚置き用の空間――あとで知ったが、レッグスペースと呼ぶらしい――にすっぽり収まるためには、前のシートをいっぱいにスライドさせ、膝《ひざ》小僧を抱えた姿勢をとらざるを得なかった。

ちょうど腰のあたりにフロアトンネルのふくらみがあたって、背骨をギシギシ痛めつける。タコやナマコでもあるまいし、よくこんな不自然な格好でいられると自分でもおかしかったが、車が動き始めた途端、そんな余裕などどこかに吹き飛んでしまった。いうならば、エビ固めの状態である。それを、緊張しきった中杉がギクシャクした運転で痛めつける。地獄の責め苦とはこれを言うのであろう。一匹どころか、二匹も、三匹も、ヘビをつつき出したようだ。

訳知り顔で、つまらぬ提案をした自分を罵《ののし》る。これなら、トランクで何やら悲鳴をあげているマメちゃんの方が余程ましだ。

ただ身を硬くしてじっと堪《こら》えているうちに、目的地に着いたらしい。エンジンがとまった。

「目的の電話ボックス前に到着しました」

中杉がかすれた声で小さく言う。私は、これでしばらくは拷問が中断されると思うと、安堵《あんど》感が先に立つばかりで、すぐには言葉を返すことができない。

「黒田さん、目的地に到着しました。どうします？」再度、中杉が言った。

「どんなボックスや？」

「全面ガラス張りです」

「誰かおるか？」

「いません」

「ほなら、ドアをロックしてすぐに行ってくれ。金はわしが持っとくから……。メモに何が書いてあろうと、とりあえずは車に戻ってくれ、ええな」

いきおいよくドアを閉めて中杉が出た。ロックする音がする。

一億円の包みは私の腹の上にある。ドアロックはしてあるが、いつ誰がこの包みに手をかけないとも限らない。シートカバーの下からふろしきの端を摑《つか》んだ左手、拳銃を握りしめた右手、両方に汗がにじむ。歩道橋や周辺のビルから犯人が観ているかも知れず、うかつに動くことはできない。身体の自由と視界を奪われた私には、ただ布きれと拳銃をギュッと握りしめて、耳をそばだてていることだけしかできなかった。

中杉が出て一分も経つか経たぬうちに、またドアが開いた。ピクンと体中の血が一瞬動きを止め、右手の人さし指に神経が集中する。

「黒田さん」小さく中杉が呼びかける。

「何や、君か。帰って来るのがあんまり早いもんやからびっくりしたやないか。どうやった、メモあったか」

せいいっぱいの落ち着きを込めて答えるが、声が震えるのは致し方ない。

「はい、棚の下にテープで貼ってありましたけど……それが、ちょっとおかしいんです」

「おかしいて……何がや」

「これ見て下さい」

「見て下さい言うたって……そら無理や。そこで読んでくれ。大口あけたらあかんで」

「読みます。『日頃、取引している相互銀行の支店長か次長に、いますぐここから電話せよ、オオガキ』……これだけです」

「何やそれ……。その相互銀行とかいうの何番や」

「番号、書いてません」

「それやったら電話のかけようがないやないか。第一、どこの相互銀行かも分らん……垣沼の奥さんやったら知ってはるやろけど……。そうか、分った。踏み絵や、踏み絵に違いない」

「フミエ？　フミエさんて誰です？」

「違う、人の名前やない。ところで君、それ読んだあとどないした」

「どないした言わはっても……。いま、ここでこうして黒田さんに……」

中杉の反応が鈍い。事態を全く呑《の》み込んでいない。

「違うがな。わしが訊《き》いとんのは、それ読んだあと、電話ボックスの中でどないしとったかということや」

胃のあたりがムズムズしてつい口調も荒くなる。

「電話番号書いたメモがどこかにないかと思うて、ボックスの中を探してみたんですけど、どこにもなくて……。それで、黒田さんに指示してもらおうと戻ってきたんです」

中杉はまだ理解していない。

「あのなあ……相互銀行へ電話するように書いてあるのは、おそらく君が、ほんまに垣沼庸子であるかどうかを知るためや。垣沼庸子本人であれば、どこの相互銀行であるか当然知ってるから、番号暗記してるかどうかは分らんけど、電話帳をひくなりしてすぐにでも電話できる。メモ探して、キョロキョロしてるということはや、君が替え玉やということになる」

「えっ？　それやったら……」

「君はその文を読んだあと、平気な顔して、どこでもええから電話かけるふりをせなあかんかったんや。これだけ大きなビルや歩道橋に囲まれた電話ボックスや、どこかから犯人、観察しとるに違いない」

「黒田さん、私……」

声の調子で中杉が泣き出しそうになっているのが分る。ここでこれ以上責めてはいけない。

「ま、済んだことはしゃあない。とにかくその相銀に電話しよ。尾行車に連絡とるから君はじっとしとれ」

トランシーバーを使って、後方に停車しているはずの村橋に、垣沼鉄工所と主に取引のある相互銀行の電話番号と、支店長及び次長の名を調べてもらうよう依頼する。三分ほどして回答があった。

「はい了解。……聞いたやろ、福洋《ふくよう》相互銀行東淀支店や、電話番号はいま言うたとおり。支店長の名は阿部《あべ》彰弘《あきひろ》、次長の名は近藤《こんどう》、すぐに電話してくれ」

バタンと音がして、中杉がとび出した。

私は再び闇の世界。右手に拳銃、左手にふろしきを持ち、耳に全神経を集中してジリジリと時を過ごす。

中杉には踏み絵と説明したが、果して本当にそうであったか。ただ単なる垣沼庸子宛のメッセージではなかったか……。簡単なメモの裏に、ともすれば犯人の怜悧《れいり》な横顔がほの見える。

「阿部さんに連絡がつきました」

中杉が戻ってきた。「十時二十分頃、オオガキと名乗る男から電話があったそうです」

「阿部は、そのオオガキを知っとるのか」

「初めてやそうです。オオガキは自分を警察の者やと言いました」

「それから？」

「オオガキが言うには、おとといの事件のことで垣沼さんとこ電話したけど、奥さん出たばっかりでつかまらん、多分おたくに連絡するはずやと聞いたのでこの電話かけた、もし阿部さんに奥さんから連絡あったら、悪いけど、梅田の地下街にある『ミューズ』という喫茶店に、十一時までに品物持って来るよう伝えて欲しい、そんな内容やったそうです」

「それで？」

「阿部さん、何となく引き受けて電話切ったそうです」

「男の声に特徴は？」

「三十から四十歳くらい。落ち着いた話し方で、声には聞き覚えがないそうです」

「君は阿部をどう思う」

「嘘をついているようには思えませんでしたが」

「本部の方から事情聴取に誰ぞ遣《や》ってるはずやから、詳しいことはいずれ分るやろ。ところで、いま、何時や」

「十一時五分前です」

「よし本番や。そのミューズに行ってみよ」

「私ひとりでですか」

一時、平静を取り戻したかにみえた中杉の声がまた震えている。それに反比例するように私の頭は冷静に回転し始めた。

「もちろん、君ひとり行かせることはできん。わしとマメちゃんも行く。係長にも、キャップにも応援頼まんといかん。そのためには時間が要る。打ち合わせの場所も要る。……そや、駐車場に駐《と》めよ。この先のビルの屋上が地下のショッピング街専門の駐車場になってる。あそこ、無人の開閉機しかないし、屋上やから周囲の眼も届きにくい。すぐ出発や」

シートカバーの下から中杉にあれこれ指示し、やっと屋上駐車場に車を入れたのが十一時二分。もう遅刻だ。

周辺に誰もいないのを確認して、慢性エビ固めの責めを解かれる。どんより濁った大阪市街の空気を胸いっぱいに吸って大きくのびをした。マメちゃんは、トランクの中が寒かったと不平を言い、クシャミを連発する。

すぐうしろの尾行車からは、村橋、沢居。次の車からは神谷。少しずつ時間と場所をずらして車を降りる。総勢六人、我々の他には誰もいない。神谷の指示で池田と鈴木は既にミューズの店内に入っている。その他、連絡により、所轄署からも三十人以上の捜査員が派遣され、ミューズ周辺に集結しつつある。全員、固定配置に付く予定だ。防弾チョッキと拳銃を身につけ、機会があれば犯人を逮捕する手筈《てはず》になっている。

「中杉君は金を持って、すぐミューズに行ってくれ。ふろしき包みをひったくろうとする者があっても、抵抗はするな。素直に渡したらええ。逮捕は我々がする。池田君と鈴木君が店内にいるから、黒田君と亀田君はどこか近くで張ってくれ。店内で騒ぎが起きたら、すぐに走り込めるような位置で張ること」

地下街に通じる屋上エレベーター室にいったん集合して、神谷が最後の指示を与えた。金の包みを持った中杉を取り囲むようにして、地下街に向う。

阪急電鉄の梅田駅コンコース地下が「阪急五番街」と呼ばれる大規模なショッピング街と飲食街になっており、その中でもミューズは最も名の通った喫茶店であった。

壁や間仕切りがなく、テーブルと椅子だけをレイアウトしたカフェテラス方式である上に、百席以上もあろうかという広さであったから、否《いや》が応でも人目をひく。この私でも一度や二度はそこで四百五十円のウインナコーヒーなど飲んだことがある。

北側が厨房《ちゅうぼう》、あとの三方が舗道に面している。店内は二十センチくらい床が高くなっており、周囲との境界に高さ約七十センチの簡単な木製装飾棚を巡らせただけのまことに開放的な造りであるから、外部からの見張りには好都合なことこの上ない。しかしそれは犯人にとってもいえることで、店内からもまわりの様子が逐一観察できる。また、いざとなったらどこからでも店外にとび出せる上に、この人通りの多さであるから、手こんな場所を指定してくるあたり、一筋縄ではいかぬしたたかさを感じさせる。

店内は見渡したところ四分ほどの入りか。中杉はかねての打ち合わせどおり、ほぼ真中のテーブルに席をとった。膝《ひざ》の上に大きなふろしき包みを置いて、厨房を背にして坐《すわ》る。そのうしろの席では池田と鈴木がコーヒーをすっている。談笑しているふうを装ってはいるが、眼だけは間断なく動いている。

私とマメちゃんは、西側のエスカレーターをはさんで、ミューズからおおよそ二十メートル離れたところにある公衆電話コーナーで電話をしている。いや、正確にはそのふりをしている。二人連れのセールスマンが、会社にこれからの訪問先を訊いているという想定であった。

村橋と沢居はミューズの南向い側にあるトンカツ屋、東側のサラダショップには神谷が陣どっている。

その他、所轄署からの応援捜査員、府警本部捜査員と、姿形こそ様々には装っているが、目付きだけはいかにもそれらしい男がミューズをとりまいている。じっと立ち話をしているのも不自然だから、みんな、通行人に混じってゆっくり歩いている。所在なげにみえて、そのくせアンテナはしっかりと中杉に向けている。少しずつメンバーを入れ替えながらも、絶えず刑事がミューズのまわりを流れている。挙動不審とみえる人物がミューズの前を通りかかろうものなら、たとえ店内に入らずとも、捜査員は二人一組になって、スーッと流れを離れ、その人物の尾行を始める。

　大きな紙袋を持ってミューズの店内を見遣《みや》りながら、足早に歩いて行った労働者風の男が最初の該当者であった。刑事が二人、ピッタリとその労働者風をマークする。いずれどこか適当なところで職務尋問にあうはずだ。

　次にマークされたのは、店内に入りかけて思い直したように踵《きびす》を返した学生。布製のバッグを肩から提げている。学生にもひっそりと刑事が尾《つ》き従う。

「どうやマメちゃん、あの労働者と学生」

　受話器を持っているが話し相手はうしろに控えているマメちゃんだ。

「違いますなあ、本星《ほんぼし》やったらあんな目立つ動きはせんでしょう。こら来ませんで。犯人、まんざらあほでもなさそうやし、こんなとこで大立ちまわり演じるような真似しませんやろ。それに、さっきの電話ボックスでの中杉君の動き、きっとどこからか観てたはずやし、再度出直しちゅうことになるのと違いますか」

「わしもそう思うわ」

　のんきそうに話していながら、神経はピリピリし、心臓と防弾チョッキが直接触れあっているような息苦しさを覚える。

「せやけど、もうこの辺でお終《しま》いにしてくれへんやろか。手間暇かけずにひょっこり出てきよったらさっさと逮捕したるのに……」

「手錠は、ぼくらがかけたいですな」

「これだけ世間の注目を浴びとる事件や、わしらが捕まえたとなると、表彰もんやな」

「当然ですがな。刑事部長賞はいきまっしゃろ」

「いや、本部長賞まではいくで」

「そら、よろしいなあ」

「うん、ええ」

「もらいましょか」

「うん、もらお」

「そやけど、相当な危険は覚悟せんとあきませんで。とびかかったんはええが、撃たれたとなると元も子もあらへん。垣沼さんみたいになるの嫌でっせ」

「防弾チョッキつけてるやないか」

「こんなもん信用でけへん。この薄さが気に入りません。飛行機が空を飛ぶのといっしょで、どこか全面的に信頼できんとこがあります」

「そう言や、頼りないなあ」

「それに、チョッキの部分を撃ちよるとは限りません。犯人も拳銃に関しては素人や。狙いが狂うて、ナニの部分でも撃たれたもんならえらいことや。嫁はん、すぐ逃げよる」

佐智子の顔が目に浮かぶ。

「表彰状あきらめよか」

「その方がええようですな」

「池田と鈴木、かわいそうやな」

「あの二人、最初にとびかかる役まわりでっしゃろ。えらい緊張してまっせ」

「あの二人が犯人押さえつけたところで、我々が手錠かけるというのはどうや」

「そら、理想的ですけど、そううまいこといきますか」

「いくかどうかは分らん。あくまでも努力目標や。危ない橋を渡らずに、おいしいとこだけいただくようにするのが、我々下っ端の処世や」

他愛《たわい》ないが、エゴイズム丸出しの軽口を叩《たた》いていることが、お互い緊張している証拠であった。こうでもしないとやりきれない。

奉職して十数年。張込み、尾行、ガサ入れと、緊迫した場面には何度も遭遇したが、今日は格別だ。誘拐事件も初めて、その取引現場にいあわせるのも初めて、おまけに犯人は拳銃を所持している。刑事冥利《みょうり》につきると言いたいが、正直なところもうしんどい。今日はとりやめということにして欲しい。家に帰って大の字になって眠りたい。美加をこの膝の上に抱いてのんびりテレビ見たい。

「黒さん、あれ」

「うん？」

見れば、さっきの労働者風の男が戻ってきて、ミューズの前をうろうろしている。通行人を五、六人はさんだうしろには、これも先程戦列を離れた刑事が二人ぴたりと尾いている。

労働者風は意を決したように店内に入った。中杉のすぐ隣のテーブルに席をとる。

本星か。捜査員の目が男に集中する。この一瞬を凍結すれば、どれが刑事で、どれがただの通行人であるかは一目瞭然《りょうぜん》だ。

男が床に置いた紙袋に手を入れた。神経がピンと張りつめる。

マメちゃんは拳銃の位置を確かめるためか、右手で左の腋《わき》を押さえた。池田と鈴木はカップを手から離し、腰を浮かし気味にしている。

男が取り出したのは新聞であった。両手を大きく広げて読み始める。

張りつめた空気が少し和らいだ。ふっと下を見ると受話器がブラブラ揺れている。知らぬ間にとり落としたらしい。

あまり長電話しているのも不自然に映るから、そろそろ場所を移動しようかとマメちゃんに提案している矢先、我々の横を足早に通りすぎた男がミューズに入った。しばらく店内を見まわしていたが、中杉を目にして、まっすぐ近づいて行く。

長髪で、うす茶のジャンパーに紺のコール天パンツ、右手に大きなスポーツバッグを提げている。少し若すぎるようだが、背格好だけなら犯人と符合する。

私とマメちゃんは受話器を置き、小走りでミューズに向う。首筋から背中にかけて汗がジワッと噴き出すのを感じる。

他の捜査員も少しずつ近づいて、包囲網を狭める。

長髪は中杉の横に立った。少し腰をかがめて、二言、三言、話しかけている。隣の労働者風は新聞に目を遣《や》ったまま無関心。鈴木と池田はもう臨戦態勢。

男が右手をジャンパーのポケットに突っ込むと、怯《おび》えるように中杉が上体をひいた。

池田と鈴木が男にとびかかる。

すわっとばかりにマメちゃんが走り出した。私も負けじと走る。

怒声と悲鳴、椅子やテーブルの倒れる音。私は跳んだ。跳び越えるつもりが、足を柵《さく》にひっかけてしまった。体は浮いているのに、それを支持すべき二本の足までがいっしょになって宙を掻《か》いている。テーブルの脚が視野いっぱいに広がったところで眼を瞑《つむ》った。ガツッと鈍い音がして、まっ暗な中に青白い火花が散る。

気絶こそしなかったが、再び眼をあけてよろよろと立ち上った時には、長髪男は床にひき倒され、その上に五、六人の刑事が折り重なっていた。マメちゃんがちゃっかりいちばん上に蔽《おお》い被《かぶ》さっている。

中杉はふろしき包みを抱えて床にペッタリ坐り込み、顔のひきつった客がまわりを囲んでいた。例の労働者風もそばに立ちすくんでいる。

「そのまま、そのまま、もう心配ありません」

大きなだみ声とともに神谷がずかずかと歩み寄って来た。

「何でもありません。落ち着いて下さい」

この場の状況を見れば、何でもないはずがない。説得力の乏しい解説だ。

「我々は警察官です。いま、犯人を逮捕しました。安心して下さい」

ほう、とどよめきの声があがる。

折り重なった人の層が一枚ずつはがれ、最後に長髪男が現われた。池田と鈴木に両側から腕をとられて身を起こした。抵抗もせず、ただじっと下を向いている。一見して学生風。二十歳を少し過ぎたところか。

すかさず身体検査にかかる。拳銃を出すかと思われたジャンパーの右ポケットからは封筒が出てきた。神谷はそれを受け取ると注意深く封を切った。中には便箋《びんせん》が一枚。ゆっくりと開く。例のカタカナが並んでいる。――「垣沼の居どころは、私の安全が確保された時、電話で報《しら》せる」――そう読めた。

まさに本星だ。胸がキュンと鳴る。

長髪男の他の所持品は、定期券、免許証、キーホルダーに現金少々。免許証から松宮《まつみや》秀和《ひでかず》、二十一歳と分る。大型のスポーツバッグの中身はトレーニングウェアと、何とか経済論といったお堅い本が数冊、写真とマンガの詰まった雑誌、それっきりであった。拳銃はどこにもない。

年齢といい、所持品といい、我々が頭に描いていた犯人像とは大きく食い違う。銀行に押し入ったのがこんなヤワな男であるはずがない。犯人グループが何人であるかはまだ分らないが、刑事のカンでこいつが主犯でないことは分る。

いずれにせよ、衆人環視の中で本格的な取調べをすることはできない。

「本部や、捜査本部に連れて行け。そこで取調べる」

神谷は、唇の端にたばこを咥《くわ》え、使い捨てライターで火を点《つ》けると、鷹揚《おうよう》にけむりを吐きながら池田と鈴木に指示した。

せいいっぱい気取った仕草だ。大勢の観客に囲まれて役者になりきっている。

松宮が引き立てられて行くのを見送って、再び口を開いた。

「おそれ入りますが、いま、店内におられた方は、全員、運転免許証等の身元を証明できるものを呈示して下さい。あくまでも参考のためです。それから、連絡先も必ずお教え願います。これは強制ではありませんが、今後の捜査のため、協力して下さい」

今度は、ええっという抗議のどよめき。いあわせた客にすれば、とんだ迷惑だ。

この言葉を聞いた途端、店を囲んでいた二重、三重のヤジ馬の輪が大きく広がった。

放火などの愉快犯は必ずといっていいほど、ヤジ馬の中に混じっているから、松宮が推察どおり従犯であった場合、この中に主犯がいることは充分考えられる。

ミューズを取り囲んだ人垣の外側には、もうひとつ、所轄署の捜査員で構成された包囲網があり、一人、二人と抜けて行くヤジ馬の中から怪しいと睨《にら》んだ人物を尾行する手配りとなっている。

「よっしゃ、これでええやろ。あとは任せて、わしらは捜査本部に戻ろ。早《は》ようあいつを歌わすんや」

神谷がこちらへ向き直って言った。

全員が車に分乗して北淀川署に帰る。

まだ人質を救出していないだけに、天下晴れての凱旋《がいせん》とまではいかないが、少なからぬ収穫はあった。

署に到着するや、取調室に走る。あらかじめ連絡してあったので、松宮は部屋に入れられ、我々の訊問《じんもん》を待っていた。

腰縄をうたれ、堅い椅子にぽつねんと腰掛けている。背を丸め、頭《こうべ》を垂れているため、長い髪が広がってジャンパーのえりを隠している。手も脚もひょろひょろと長く、ひ弱で貧乏たらしい印象を受ける。

神谷、村橋、マメちゃん、私の四人が監視の刑事と交替。訊問に入る。

「松宮とかいうたな。これから訊《き》くことに素直に答えんとあかんぞ。もうこうなって逮捕されてしもた以上、早よう垣沼さんの居どころ、わしらに教えんとえらいことになるで。垣沼さん、死んでしもたらおまえの罪重うなるばっかりや。おまえ大学生やないか、損得勘定のできん年でもないやろ。分ったら言うてみい」

正面に腰をおろした村橋が、松宮をじっと見据えながら慰撫《いぶ》するように話しかけた。

顔をあげた松宮の目が潤んでいる。

「何べん聞いても、あんたらの言うことさっぱり分らん。おれ、何でこんな目に遭わされんとあかんねん。人権蹂躙《じゅうりん》やないか。署長を呼んでくれ、署長を」

外見に相違して、根は図太いようだ。

「えらい往生際が悪いなあ、さっさと吐いた方が得やいうこと分らんのか」

「何を吐くんや」

「垣沼はんの居どころや」

「知るか、そんなもん」

「知らんわけがない」

「知らんわい。おれ、ただ頼まれただけや」

「ほう、何を頼まれた」

「着替えを受け取るよう頼まれただけや」

「誰に？」

「誰て……中年のおっさんや。眼鏡かけてネクタイして……」

「それがおまえの相棒か」

「いちいちひっかかること言うけど、おれがいったい何をした言うねん？」

「取引に現われたやないか」

「取引……。そうか、取引か……」

存外、口の軽い若者である。とぼけているのかも知れないが、村橋の訊くことにはストレートに反応する。

「ひとりごと言うてんと、ちゃんと分るように説明せんかい」

「いや、ちょっとやばいのと違うかとは思とったんや。だいたい話がうますぎるわ。そやけどおれ、ほんまに知らんかったんやで。ただのバイトや」

「おまえの言うこと分らん。言いたいことがあるのなら、順序立てて話せ。こっちは急《せ》いとるんや」

神谷が横から口をはさむ。

「うん」

松宮は素直に頷《うなず》いて先を続けた。

「おれ、今日、午前中の講義に遅れてしもて……梅田までは出て来たんやけど、午後から出ようか出まいかと思案しとったんや。いま学校に出るような時期と違うけど、おれ成績悪いから補講を受けてる。ま、コーヒーでも飲んでからと思てアップルハウスへ寄ったんや」

「ひとりでか？」

「そうや」

「そんなとこ、昼間からひとりで行って何するつもりやった」

黙っておけば勝手に喋《しゃべ》り続けるものを、村橋はいちいち合いの手を入れる。

「コーヒー飲むつもりやと言うたやないか」

「それだけやないやろ。どうせ、隣の部屋でも覗《のぞ》いたろと考えとったんやろ。それとも何か、その部屋であの手紙でも書いとったんか」

松宮はキョトンとした顔で村橋を見ている。

「おっさん、何か間違《まちご》うてるのと違うか。おれが行ったんは茶店《さてん》やで」

「喫茶店にもいろいろ種類のあることくらい、わしでも知ってる。おまえが行ったんは個室喫茶とかいうとこやろ。最近、はやっとるそうやないか」

「何でおれがそんなとこ行かなあかんねん」

「おまえ、さっき言うたやないか。……カップルハウスやと」

「あほくさ、これやから年寄りは困る」

「誰が年寄りじゃ、気い付けてもの言え。おまえ、いま、どういう状況に置かれとると思うとんのや」

「無実の罪で逮捕されて、おっさんに責められとるんやないか」

松宮の口調が段々と横柄になって来る。物怖《ものお》じしないというか、小生意気というか、最近の若者の精神構造は、全く理解の範疇《はんちゅう》を超えている。村橋から見れば異人種である。

「おまえが無実の罪と言いはるのなら、しっかりと釈明してみせんかい」

「そやから、おれが説明しようとしてるのに、おっさんが邪魔ばっかりすんねやないか」

「何を、こいつ」

村橋は摑《つか》みかからんばかりに身を乗り出す。あまりの剣幕に松宮が少したじろいだ。

「ま、係長、そんな怒らんと。ちょいとこいつの言うこと聞いたりましょうな」

マメちゃんが仲裁に入る。「そのアップルハウスとかいう店、どこにあるんや」

「阪急東通り。言うとくけど、普通の喫茶店やで。おれらの溜《たま》り場《ば》や。何やったら電話してもええで。かおりちゃんいうウェイトレスがおるから、その娘《こ》に訊いてみたらええがな」

「おまえに言われんでも訊く。それよりおまえが無実やと言いはる証拠を早よう示さんかい」

マメちゃんも焦《じ》れている。

「アメリカンとトースト注文してマンガ見とったら、変なおっさんが入って来た」

「何時頃や」

「さあ……。時計持ってへんし、分らんわ」

「分らんでは困る」

「分らんもんは分らんわい」

「何やと」

今度はマメちゃんが目を吊《つ》り上げる。

こんなことでは無駄な時間が過ぎるばかりだ。私が話を引き取る。

「ま、何時頃やったかはあとでゆっくり考えよ。それより、そのおっさん、どう変やった？」

「アップルハウスいうたら若者の店や。一日中、ハードロック、ガンガン鳴らしてるから、そんな中年のおっさん珍しいねん。今日、それほど寒うもないのにコート着たまま、のそっと入って来よった。眼鏡かけてマスクしてたわ。革の手袋もつけとった。店の中見まわしとったけど、客がおれひとりやと知ると、他に何ぼでも席あるのにわざわざ隣に坐《すわ》りよったんや。こいつホモと違うか思て、ものすごう気持ち悪かったわ。ほいで、おれに話しかけよるんや。『君、バイトせえへんか、ほんの三十分くらいで五千円になるバイトや』と、こうや。おれ思た、こらてっきり本物や、とな。それで、『おれそんなんとちゃうねん。普通の男やねん』と答えたら、相手もビックリして、『違うがな、そんなおかしなバイトと違う』と、手を振りよった」

「おまえの話、えらい長いなあ。いったいどこから本筋に入るんや。こっちは急いとるんやぞ」いらいらを押し殺して、マメちゃんが催促する。

村橋は椅子にもたれて天井を仰いだまま、

「まあ待ってえな。これからや。……その男が言うには、おととい、えらい夫婦ゲンカして家を出たんはええが、着替えが無《の》うて困ってる。家に電話して女房に持ってきてもらう段取りにはなってるけど、自分で受け取りに行くのも、何やけったくそ悪いから、代わりに行って欲しい、もう十一時過ぎてるから待ってるはずや、場所は地下街のミューズ、うちの女房、唐草のふろしき持っとるからすぐ分る。名前はヨウコや、包みをこの店まで持って来たら五千円払う、と言いよった。そこで、おれ作戦練った。いまから大学の講義出んとあかんしなあ、としぶる格好見せたら、七千円にする、とおっさん言いよった。こらいける思てもう一回ごねたら、一万円や、と答えよった。しゃあない、これも人助けやとオーケーしてやった」

「封筒は？」

「女房に渡してくれ、と預かった」

「ばかたれ、何で肝腎《かんじん》なことを早《は》よう言わんのや」

部屋の空気が震えるほどの大声で神谷が、がなり立てた。「くそっ、もう十二時になる。こいつの言うこと嘘かほんまか分らんけど、とにかくそのアップルハウスに、四、五人遣《や》らんといかん。ここからでは遅いから曾根崎《そねざき》署に頼も。村さん、来てくれ」

あたふたと二人が部屋を出た。

呆《ほう》けたような表情の松宮をはさんで私とマメちゃんは顔を見合わせた。もう遅いと、お互いの顔に書いてある。虚脱感が漂う。

「おまえ、何で逮捕された時、男に頼まれただけやと言わなんだ」気を取り直したようにマメちゃんが訊《き》いた。

「あんな大勢の人間、まわりにおるのに、そんなまわりくどいこと言えるかい。恥ずかしいて顔隠すのにせいいっぱいや」

「あの時、おまえが吐いとったら逮捕できたかも知れんのに……」

「自分らの都合だけ押しつけんといて欲しいわい」

「おまえなあ……」

マメちゃんが松宮に歩み寄ろうとするのを私は眼で制した。

「もういっぺん訊くけど、おまえ、いままで言うたことに嘘はないやろなあ」

「嘘なんか言うてへん」

「よっしゃ、信用したる。信用したるから、これから訊くことにしっかり答えるんや」

「分った」

「その男の人相、服装、気付いたこと、何でもええ、詳しいに言うてくれ」

「さっき言うたとおりや、眼鏡して、マスクして、コート着て、革手袋つけて……」

「もっと詳しく」

「眼鏡は銀縁で、レンズには薄い色が付いてたと思う。サングラスかも知れん。髪はオールバック。てかてかになでつけてたわ。マスクしとったから顔はちゃんと見てへん。そやけど、普通のサラリーマンいう感じはせんかった」

「何でそう感じた」

「言葉遣いや。勤め人らしい丁寧な言葉遣いをしようとしとるんやけど、どこか板についてへんのや。それに、何も持ってへんのも気になった。サラリーマンいうたら、鞄《かばん》か書類袋くらい持っとるもんやろ」

この男、抜けてるようで、意外に観察眼が鋭い。

「訛《なま》りは？」

「別に……大阪弁やったと思う」

「写真見て、こいつやと指摘できるか」

「眼鏡とマスク外したら、どんな顔になるか想像できへん」

「服装は?」

「綿のコート着てた。平凡なベージュ色や。店の中暑いのに最後まで脱ぎよらへんかったわ。ネクタイしてたと思うけど、はっきり覚えてない」

「首すじに、傷痕《きずあと》か、ホクロみたいなもんなかったか」

「さあ……そういうたら、あいつ、コートの襟をずっと立てとったわ。そやから、首見えへんかった」

やはり、という表情を作って私はマメちゃんを見た。赤いタオルといい、コートといい、犯人の首筋には目立つ何かがあると考えられるし、そのことを言った松宮の供述に嘘はないと判断できる。裏がとれるまで断定はできないが、この時点で松宮が共犯である可能性は殆《ほとん》どなくなった。

そうと分った以上、ここでぐずぐずしていては時間の無駄である。

部屋の外で待機していた係官と交替して廊下に出た。

村橋がこちらに向って走って来るのが見えた。

「黒さん、マメちゃん、垣沼家へ行こ。犯人からまた電話が入った。詳しいことは聞いてへんけど、あの婦人警官が替え玉やというのがバレてしもたらしい」

「やっぱり」

「神谷はんと、池田、鈴木は金持ってもう出た」

「三人だけで大丈夫ですか、金は」

人間より一億円が気にかかる。

「心配せんでも、前とうしろに車をつけてる。それより、早よう我々も垣沼家へ行かなあかん」

「松宮、どないします」

「しばらく留めおきや。アップルハウスへ遣った連中から詳しい報告があるまで放すわけにはいかん。それに、ちゃんと裏とって共犯でないと断定できたとしても、面割りやら、モンタージュ作成に協力させる必要がある。大事な目撃者としてせいぜい利用させてもらうんや。あとは車の中で相談しよ」

5

垣沼家の近くまでは赤色灯をまわし、サイレンを鳴らしながら走る。素早くハンドルを操作しながらも、マメちゃんの口は静止することがない。

「いったいどういうことでっか。もうちょっと詳しい内容聞かせて下さいよ」

「実はな……耳切りよったんや、耳」

「ええ……？」

「詳しいには聞いてへんけど、犯人、垣沼はんの耳を切りよったらしい。むごいことしくさる。替え玉なんぞ寄越《よこ》すからこうなるんやと言うたそうや」

これは明らかに犯人からの挑戦と考えていい。約束どおりにしないと、垣沼に少しずつ危害を加えるぞという警告である。こちらの仕掛けが犯人に見破られるたびに、垣沼の指や耳がそがれるというのなら、短絡させれば、我々の動きそのものが垣沼の体に逐一影響を与えるとも言える。

耳をそいだのはもちろん犯人だが、そうさせたのは我々、それも事実上の指揮官である神谷や村橋がそう仕向けたと非難される危惧《きぐ》もある。

実際のところ、失態が続いている。おとりはバレる。取引現場に現われた男を捕えてみればただのメッセンジャー。どこかしら捜査が空転している。村橋が青くなるのも当然だ。

「アップルハウスへ遣った捜査員から、連絡は入ったんでしょ」私が訊いた。

「簡単な連絡は入った。けど、犯人とっくに店を出たあとやった」

「犯人、何分くらい店で待っとったんですか」

「それが不思議なことに、松宮が出たあとすぐに出て行ったそうや。多分、松宮を尾《つ》けて行ったに違いない。コーヒーにも口つけんと、金だけ置いて出よったらしい」

「ということは、松宮がふろしき包み持ってアップルハウスに戻る途中で受け取るつもりやったんですかな」

「おそらく、そうやろ。ミューズからアップルハウスまで、ゆっくり歩いたら十分かかる。その間に、松宮が妙な好奇心起こして中身を改めたりしたらえらいこっちゃ思うてすぐ受け取る考えやったんやろ」

「それやったら、充分期待が持てますな」

「何に？」

「ミューズのまわりをとりまいてたヤジ馬の、そのまた外側で張ってた捜査員が、ひょっとして犯人を尾行してるかも知れませんやろ。犯人、どうせどこかから松宮の様子を見とったに違いないんやから」

「わしも、それを期待しとる」

「それはおませんやろ」

と、しばらくおとなしかったマメちゃんが横やりを入れた。「ぼく思うに、犯人はミューズまで行ってませんわ。黒さんの言うてはったように、電話ボックスで、犯人は女が替え玉やいうこと見破ったんです。婦人警官相手にのこのこ取引にはやってこんでしょ。犯人、金も本物でないと考えたんです」

「どういうことや？」

「ぼくが犯人ならこう考えます。金の運び役でさえおとりやのに、ふろしきの中身が本物であるはずがない、とね。犯人にしてみれば、金を受け取るまでは、それが本物であるかどうかを確かめる手段《てだて》がないのやから、それも無理のないとこです。あれは、ただの様子うかがい。警察をおちょくりよったんですわ。網の中に魚放り込んでみよったんや。たとえ松宮がふろしき受け取ったところで、犯人にはもう一度松宮に会う意志はなかったんです」

「えらい自信あり気やな」

村橋は厭味《いやみ》たらしく応じるが、マメちゃんは意に介さない。

「松宮の言うには、犯人手ぶらやったそうです。いまどき唐草のふろしき包みいうたらえろう目立ちます。それを裸のまま、ぶらぶら提げて帰れますか？……無理でっせ。車かなんかに乗せて帰るんならそれでもええけど、少なくとも地下街のミューズから地上の道路までは歩いて運ぶほか方法がおません。どないしてでも金持って帰るつもりなら、大きなバッグぐらい持ってるもんです」

「ご高説、有難くうけたまわりましたと言いたいとこやが、決定的に非論理的な部分がある」

村橋には、簡単なことをわざわざ難しく言いまわす俗物趣味がある。

「そんなに、決定的に非論理的な部分、ありましたか」マメちゃんが皮肉る。

「犯人、松宮に二度と会う意志ないと言うたな。それなら、もし松宮がすんなりとアップルハウスまで金を持って帰りよったらどうするつもりやったんや。みすみす一億もの大金、見ず知らずの男に渡せるか。持ち逃げしよる可能性もあるんやで」

「それは、単なるおはなしですがな。垣沼庸子に身代り立てるくらいや、金は本物でない、おまけに何十人もの捜査員が網張ってるに違いない、と考えますわ。のこのこと松宮に会いに来るようなあほやったら、こんなややこしい手続き踏まんと、自分で受け取りに来よりますわ」

「そんなことあるかい。だいたい君、犯人を買いかぶりすぎや。強盗《タタキ》やって、衝動的に人質連れ去ったような奴に、そこまで先を読める能力なんかあらへん。簡単に解釈すりゃええものをわざわざひねくれて考える。君の悪い癖やで。だいたいが、犯罪者の心理と行動いうもんは理屈だけで割り切れるもんやない」

どうあろうとマメちゃんの意見だけには素直に承服できないようだ。

「何でもかでも単純に考えて、犯人パクれるんやったら、こんな楽なことおませんわ」

「それ、わしへのあてつけか」

「理論と理屈があかんと言わはるからですがな」

「理論まであかんとは言うてへん。屁理屈《へりくつ》があかんと言うとるのや」

「ぼくの意見のどこが屁理屈です」

「屁理屈は、屁理屈、他に言いようがない」

「何ですて……」

双方負けじと、口角泡を飛ばす。

また始まった。この二人、前世から余程深い因縁でもひきずっているのか、何かといえば角突き合わせる。二人だけの時は結構仲睦《なかむつ》まじくやっているのに、第三者がいると、いつか止めに入ってくれるとたかをくっているのか、口争いがとめどなくエスカレートする。酔っぱらいのケンカに警官が仲裁に入ると、余計ひどくなるのと同じパターンである。当人同士はこれで結構発散しているからいいようなものの、聞いている私の身にもなって欲しい。

そろそろ止め男の出番だ。

「もうよろしいがな。どっちにころんだところで大した違いはあらへん。いずれ犯人パクったらわかることや」

垣沼家に近づいた。目立たないように、少し離れた公園の脇に車を駐《と》めて、あとは細い路地を縫うように歩く。垣沼家に到着、佐藤が我々を迎え入れる。

一億円を囲んで、居間には、神谷、池田、鈴木、勝井、沢居と、第七係長の米田《よねだ》がいた。

我々を含めて総勢十名、坐《すわ》るところもない。

「詳しい話聞かせてくれ。ここにおったん勝井君やろ」

村橋が勝井を呼ぶ。勝井は頷《うなず》いて我々のそばに歩み寄った。

「十二時二十分でした。また、隣のおばさんがこの部屋にとび込んで来たんですわ」

「えらい忙《せわ》しいおばはんやな」村橋が口をはさむ。

「今朝と同じ調子で、奥さんにオオガキいう人から電話や、と言うんで、私えらいあわててしもて……十二時二十分いうたら奥さん取引現場行って、ほんまやったらいてはらへん時刻です。電話とってもらうわけにもいかんからどうしようか思うて……」

「君の困惑ぶりを訊《き》いとるんやない。電話の内容を訊いとるんや」村橋が先を促した。

「結局、私が電話とったんです。奥さんまだ帰ってないと言うたら、そんなはずない、替え玉を使《つこ》うとるんやから家におるはずや、おまえからよう言うとけ、約束破った罰としてだんなの耳、切り落としたとな。……それでガチャンですわ」

「君、まさか奥さんに……」

「そんな……よう言いません」

「それでええ、そんなむごいこと奥さんに言うたらあかん。だいたいが、耳切ったいうのもほんまかどうか分らん。犯罪者はえてしてそんなはったりかますもんや。それから……」

と村橋が言いかけた時、卓上の電話が鳴った。

「奥さんや、早《は》よう奥さんを呼んで来い」神谷がどなった。

庸子が受話器の前に坐り、テープがまわり始めた。全員がヘッドフォンを耳にあてて準備完了。神谷は自分の手で受話器を取りあげ庸子に渡した。

「もしもし、垣沼です」

「あ、奥さん、福洋相互銀行の阿部です」

全員の顔が不快さにゆがむ。

「お取り込み中やいうのは知ってたんですが、オオガキいう人からまた電話がありました」

オオガキと聞いて緊張感を取り戻す。

「実は、今朝も、そのオオガキいう人から電話あって奥さん宛の伝言頼まれたんですが……あとで警察の人が支店に来て、オオガキの声はどうやった、もっと詳しいこと聞かせてくれとか訊かれるもので、えらい騒動でした」

「すみません、ご迷惑おかけしまして」

「それでまた、今度の電話でしょ。私がオオガキさんからの伝言を中継する役割になっているようで……」

「申しわけありません」

「先に警察に連絡すべきかどうか迷いましたが、まず奥さんに報《しら》せようと思いまして」

「それで、何と言ったんですか」

「それがまたおかしな伝言で……奥さん宅から、西に百メートルほど行くと、バス通りに出る。歩道橋があるから、その階段裏を探してくれ、という内容でした」

聞いた途端、佐藤と沢居が外にとび出した。

神谷はもう待ち切れぬとばかりに、庸子から受話器をひったくった。

「それだけか、オオガキの言いよったんそれだけか」

あまりの大声に思わずヘッドフォンを外した。

「ああ驚いた。あなた何です。誰ですか。急にどなったりして」

「警察や、警察のもんです。ちゃんと説明して下さい。オオガキの伝言、それだけですか」

「それだけです。それだけしか聞いてません」

警察と聞いて恐れをなしたか、阿部は消え入りそうに答えた。

「何時頃です」

「ついさっき、五分ほど前です」

「どんな声でした」

「午前中のと同じ声です。さっきの警察の人には詳しく話しましたけど」

「分った。分りました。わざわざどうも」

訊きたいことだけ訊いて、乱暴に受話器を置いた。

「何ちゅう奴や。ちょいと長びきそうな連絡はすべて他人を利用しよる。吹田の酒屋のおっさんといい、隣のおばさんといい、いまの支店長といい……この調子やったら大阪中の電話に逆探知の装置セットせないかんやないか」

神谷は悔しさにこぶしを震わせている。

「どうせ、歩道橋の裏にはまた例の手紙がテープで貼りつけてあるんやろ。どこまでわしらをなめとるんや」

やきもきして待つこと数分、封筒を手にした佐藤と沢居が息せき切って帰って来た。二人とも、顔に血の気がない。走ったせいだけでもなさそうだ。

「どうした、何ぞあったんか」

「これ……これ見て下さい」

佐藤が封筒を差し出した。

「分っとる。脅迫状や」

受け取った神谷が上から覗《のぞ》き込む。一瞬、表情が硬くなった。

「奥さん、すんません、席外してもらえませんか。ちょっと差し障りがありますから」

庸子が部屋を出るのを待って、再び口を開いた。

「間違いない、耳や。ビニールに包んである。このまま鑑識に送る」

そう言って同封してある紙だけを抜き取った。おもむろに開く。見慣れたカタカナ文だ。便箋《びんせん》四枚にビッシリ詰まっている。頭の中で漢字とひらがなに換えながら、ゆっくり読んでいった。

〈垣沼の耳を切り落とした。その理由は、一、運び役におとりを使った。二、尾行している車があった。三、取引現場に刑事が多数いた。——以上である。

このように、私の指示に反することが続く場合、次はもう一方の耳を切る。その次は右手の指。垣沼にこれ以上の身体的損害を与えるか否かは、そちらの出方次第だ。条件をもう一度言う。一、金は、垣沼家にあるアディダスのスポーツバッグに入れること。二、金は必ず垣沼の妻が運ぶこと。代役は認めない。三、札に小細工はするな。四、尾行はするな。五、その他、取引に支障あることは全て禁止する。

今回の取引方法を指示する。午後二時四十分、金を持って、阪急西三国《にしみくに》駅前、喫茶サンロードへ行け。店の前に車を駐めておくこと。車は軽トラックを使用せよ。不審な動きがあった場合、当方の判断により、即刻取引は中止する。また取引途中であっても何らかの障害が発生した場合、第三者に累が及ぶことも有り得るので、その点はよくよく留意されるよう要望する。オオガキ〉

「くそっ、もう二時二十分や」神谷は便箋をテーブルに叩《たた》きつけた。「あと二十分しかない。ここから西三国駅まで十分かかる。ということはあと十分。それで準備せないかん。こっちに時間的余裕与えんように、うまいこと計算してけつかる。とにかく連絡や。村さん、府警本部に連絡してくれ。脅迫状の内容言うて緊急配備をとるように要請するんや。佐藤君は軽トラック。確か下の工場に駐めてあったはずや、奥さんにわけ言うて貸してもらえ。ガソリン少ないようならすぐ入れてこい。それから、沢居君、君は奥さんにこのこと伝えてくれ。今度は奥さんひとりに金届けてもらわんといかん。うまいこと説得してくれ」

神谷はしたたる汗を拭《ぬぐ》いもせず、次々と指示を与える。

「それから……地図や。わしのカバンの中に、車の配備計画練る時に使うた地図がある。確か西三国駅周辺も大きく載ってるはずや」

地図を広げると、残る全員でそのまわりを囲んだ。

阪急宝塚《たからづか》線は十三《じゅうそう》を起点として北へ延び、豊中《とよなか》、池田《いけだ》を経由して宝塚市で終結する。

十三駅の次が西三国駅、駅をはさんで西側は住宅街、東側が商店街で、駅前はロータリーになっている。踏切がないので東から来た車は駅に突きあたるとロータリーをまわってUターンし、元の道を戻る方式だ。車にとっては、いわば袋小路である。東淀区中新庄の垣沼家からまっすぐ西へ走れば駅前に着く。

「よう考えてますなあ」米田がポツリと洩《も》らした。

「うん、確かによう考えとる。……商店街を通る車はロータリーに突きあたってUターンする。軽トラックに尾《つ》いている車は、否《いや》が応でも眼に付く。犯人にとっては、尾行車のチェックがしやすいという利点があるわけや」

神谷があごを撫《な》でながら解説した。

「利点があれば欠点もあります。袋小路みたいになっとるんやから、袋の出口に何台か張りつけといたら、絶対に逃げられへん。車で逃走するつもりなら、こんな条件の悪いとこありませんで」

すかさずマメちゃんが言った。

「金持って、電車で逃走するいうのはどうや」

「そら無理です。いちいち切符買《こ》うて電車待ったりできません」

「ほな、どうするんや。わざわざ逃げようのないとこ選びよったんか」

「いったん駅の西側へ出て、そこから車で逃走するというのはどうですか」

「と言うと……?」

「踏切はないけど、この駅の下には連絡用の地下道がありますねん。歩行者と自転車だけしか使えん細い道ですわ。ぼく何回か通ったことあります。これ利用して西へ抜けてから、あとは車乗って逃げるいう手があります」

「その地下道の長さは？」

「三十メートルくらいですか」

「よっしゃ、ここではさみうちにする。駅の西側にも張りをつけよ」

そんな、牛や羊を追い込むみたいに簡単にことが運ぶんなら苦労は要らん、相手は拳銃持った人間やで、と私は心の中でうそぶいた。

それから数分、垣沼家にいる捜査員の役割と配置は決まった。

「ええか、これ逃したら二度と人質を救出する機会はないもんやと思うてくれ。犯人も負傷した人質抱えてあせっとる。必ず姿現わしよる。どないしてもパクるんや。化ける者は早《は》よう服替えとけ。あと二分で出るぞ」

神谷に言われるまでもない。今度こそ接触してくる。嫌でも人目につくふろしき包みから金をバッグに移させたことがそれを証明している。汗とほこりでよれよれになったネクタイを外しながら、そう確信した。

沢居に付き従われて庸子が居間に入ってきた。前を見つめたまま動かない眼から心痛と緊張、キッと結んだ唇からは、どうしても夫を助け出すんだという強い使命感がうかがえる。

「沢居から事情は聞きはったと思いますが、今度は奥さんに行ってもらわんとあきません。いや、心配することはおません。奥さんのまわりにはいつでも我々が眼を光らせてます。絶対に手出しはさせません。奥さんは何も考えずに、ただ犯人の言うとおりにしてはったらよろしい。あとは我々に任せといて下さい」

神谷の言葉に、庸子はこっくり頷《うなず》いた。

「二時四十分までにはサンロードに着いとかんといけません。トラックは裏の路地にまわしときました。行きましょ」

私とマメちゃんは尾行車に乗ることとなった。庸子ひとりに運転させるのは非常に危険な賭《かけ》ではあるが、荷台と小さな運転席だけの軽トラックに身を潜めるスペースなどない。

我々にできることは、犯人に感知されぬよう尾行すること。そして、いざという時、すぐにでも庸子を保護できる距離を保つこと。消極的な対応だが、いまはそれしかない。

米田と勝井は五分前に垣沼家を出た。先にサンロードへ行って、庸子を待つことになっている。沢居と佐藤は垣沼家に残って連絡にあたり、あとの六人は二台の車に分乗する。

白のライトバンに村橋、マメちゃん、私。茶色のセダンには神谷、池田、鈴木が乗り込んだ。

午前中、幹線道路の要所に配備されていたパトカーも、いまは西三国を基点とした配置をとりつつある。その他、五台の覆面パトカーが西三国駅周辺で張込みにあたるよう手配された。

蟻一匹這《は》い出せぬ包囲網だ。よほどのほころびでもない限り、金を手にして抜け出すことは難しい。

一億円入りのスポーツバッグを乗せて、庸子の運転する軽トラックが出発した。裏道を抜けると西三国までは片側二車線の道路が続く。比較的空《す》いている。

十メートルほど離れて軽トラックを追走する。我々のすぐうしろは神谷の乗る車、目的地が分っているから、サンロードまでは庸子をはさむようにして走ることができる。まず、途中で襲われる心配はない。

「垣沼の奥さん、ほんまに大変やなあ。もしあれがうちの嫁はんやったら、絶対、あんなふうにはいきませんわ。おろおろ泣いてばっかりがオチや。ほんまにしっかりしてはるわ」

運転するマメちゃんが言った。

「女いうもんは、いざとなったら、男より強いんや。最後の最後は男より肚《はら》が据っとる。特に子供産んだ女はそうや」うしろから村橋が応じる。

「女は弱し、されど母は強し、ちゅうやつですか」

「強うなかったらやって行けん。わしとこなんか安月給で、その上、亭主がめったに家に寄りつかんのやから、母親がしっかりせんとどもならん。四人の子を立派に育てあげて、まがりなりにも大学までやったんは、みんなうちのやつがしっかりしとったからや。わしなんか種蒔《ま》いただけやで」

村橋の唯一の自慢は、四人の子をすべて大学や短大へやったことで、どんなにかけ離れたことを話題にしていても、結局はそこに落ちついてしまう。今回は「女の特性」から自慢話にたどりついた。放っておけば延々と続くので軌道修正する必要がある。

「村長、今度こそ、犯人は姿現わしよると思いませんか。そんな気がしますわ」

「わしはそう思わん。……営利誘拐ちゅうのは、釣りといっしょや。犯人は魚、わしらは身代金というミミズをたらした釣人や。魚にしてみたら、よう肥えたうまそうなミミズにガバッと食らいつきたいんやけど、鉤《はり》が見え隠れしとるだけにそうもいかん。ちょこちょこつついてみては、釣人の様子をうかがいよるんや。腹ぺこでいまにもくたばりそうな魚やったら、少々の危険は覚悟で食らいつきよるけど、この事件の魚は、もう既に、小さいミミズを食うとる。四百万いうたら少ない金と違うで。そら一億円に比べたら小さいけど……。よっぽど、うまいこと鉤隠さへんことには絶対に食いつかへん。わしはそう思う」

村橋には釣りの趣味がある。

「なるほど、釣りか。仲々うまいたとえですなあ」

マメちゃんが話に割り込む。「そやけど村長、こいつただの魚と違いまっせ。一四目はそうでもないが、二四目はかなりのすれからしや。あの文章、読みましたやろ。字こそいっしょやけど、最初の脅迫状とは月とスッポンや。黒さんちょっと読んでくれますか」

私はメモを取り出して読みあげる。

「それそれ、そこのくだり、『第三者に累が及ぶことも有り得るので、その点はよくよく留意されるよう要望する』……そんな難しい言いまわし、ちょいと書けませんで。ほんまの推理小説みたいですがな。こら明らかに、同一人物の文章やおません。今度のは、おそらくアップルハウスに現われた奴の文や。村長もそない思いませんか」

「うん、かも知れん。銀行に押し入った奴と、あとで姿現わした奴とでは、イメージが合わん。どっちが主犯かは分らんけど、この取引に関しては、おそらくあとの奴が筋書練っとるのやろ。とにかく、取引に現われた奴、片っ端から逮捕して締めあげたらええ。いまはそれしかない」

「村長はんの言わはるとおり、パクりさえしたらいずれ分るんやろけど、ぼく、何や悪い予感して仕方ないんですわ。犯人、ぼくらの予想している以上に頭のきれる奴で、相当練りに練った計画を持っとるように感じますねん。単なる思い過ごしやったらええのやけど……」

先行する覆面パトカーが指示器を点滅させると、派手なイルミネーションのついたアーチの手前で、ゆっくりと車体を左に寄せた。軽トラックはそのまま速度を落として直進する。

西三国商店街に入った。車道をはさんで両側に商店が軒を並べている。サンロードは進行方向の左側、駅の手前四軒目にあると、事前に報告を受けている。

地図で見たとおり、駅前には小規模なロータリーがあり、進入してきた車はUターンして元の道を引き返すようになっていた。反対車線とは緑地帯で仕切られている。殆《ほとん》ど葉を落とし、ほこりで白っぽくなった灌木《かんぼく》がまばらに続いていた。

「マメちゃん、サンロードの向い側に車駐《と》めよ」

「了解」

マメちゃんはスピードをあげた。軽トラックを追い越し、ロータリーをUターンすると、駅から三十メートルほど離れた地点でライトバンを駐めた。マメちゃんを残して、私と村橋は車を降りる。

サンロードは前面に煉瓦《れんが》タイルを貼ったごく一般的な構えだった。窓のガラスは濃い茶色だから外から内部を覗《のぞ》き見ることはできないが、店内では米田と勝井が網を張っているはずだ。

庸子はサンロードの真前に軽トラックを駐めた。バッグを両手で抱え、肩で古めかしい木彫ドアを押した。

神谷の車は軽トラックのうしろ、約二十メートル離れたところに停まっている。反対側の歩道を池田と鈴木が我々と同じように、駅に向って歩き始めるのが見える。

「村長、どないします。張込みするのに適当な場所見当りませんで。このまま歩いてたら、駅まで行ってしまいますわ」

「このあたりうろうろ歩きまわっとるわけにもいかんし、そこらの食堂にでも入ろか……そやけど窓のない店ばっかりやな。中に入ってしもうたら、外の様子が分らんで」

「困ったもんですな」

他人から見れば談笑しながら歩いているようだが、実際は二人ともあせっていた。

「黒さん、あれ見てみ、ちょうどええがな」

村橋が駅の方を指した。都合のよいことに、市営バスの停留所があって、十人くらいの客が並んでいる。

私と村橋はゆっくり歩いて、列の最後尾についた。すぐ前の買物カゴを持った主婦がこちらを向いたが、何か汚いものでも見てしまったかのようにすぐ目を逸《そ》らした。

我々の格好を見れば、無理もない。村橋はグレーの作業ズボンにゴム長靴、いかにも安物といった合成レザーのジャンパー、ご丁寧に頭にはタオルのはちまき。私はところどころつぎのあたったジーンズにゴム長、上着はグレーの作業服、首にタオルを巻いている。土建屋の親方と、その使用人といった想定だが、二人とも防弾チョッキを付け、腋《わき》の下には拳銃、提げたビニールバッグの中には小型のトランシーバーを隠し持っていた。

池田と鈴木はサンロードの前を通りすぎ、二軒おいた隣の不動産屋へ入った。ガラス一面に手描きのチラシが貼ってあるので、中の様子は分らない。張込み場所としては申し分ない。

舞台の設定は終り、脇役もそろった。あとは主役の到来を待つばかりである。

「黒さん……」

「何です、えらい怖い顔しはって……」

「拳銃、自信あるか」

「自信も何も……最後に訓練受けたん、半年前ですわ。こんなことなら、もっと真剣に撃っといたらよかった」

「わし、思うんやけどなあ……梅田で松宮パクったやろ、あんなパクり方ではあかんで。あの時、松宮が手に持っとったんただの封筒やったし、共犯でもなんでもなかったさかい捜査員にけがはなかったけど……今度はあかん。とびかかってねじ伏せるようなパクり方、危のうてしゃあない。あんな古典的なことしとったら、こっちの命、何ぼあっても足らん。わし、防弾チョッキとかいうもん信用できん」

「マメちゃんもそんなこと言うてましたわ」

「あいつ要領ええよって、自分の身を護《まも》る術《すべ》よう知っとる」

「タイミングが難しいですなあ」

「そや、そのとおりや。拳銃手に持たしたらあかん。その前にホールドアップさせるんや」

村橋の口からホールドアップなどとしゃれた言葉がとび出したのがおかしかった。

「犯人が身構える前に、こっちが先に拳銃構えとくんや。手を上げんとおかしな真似するようやったら、足狙《ねろ》うてズドン。殺したらあかん」

「村長、拳銃どうですか」

「あかん、竹光《たけみつ》や。三十年以上この稼業やっとるけど、訓練以外で撃ったことない。このごろ手は震えるし、眼はかすむし……黒さん頼むわ」

「そんな……」

「わしらロートルの出番やない、若いもんの時代や、若いもんが先頭に立って頑張るんや」

何のことはない。自分はうしろで応援するから、おまえひとりで逮捕せい、と言わんばかりだ。

大阪府警刑事部捜査一課、黒田憲造《けんぞう》巡査部長、殉職、二階級特進。そんな新聞の見出しが脳裏に浮かぶ。

不動産屋で眼を光らせている池田と鈴木に先陣を切らせるにはどう動くべきか懸命に考える。

「いま、何時や」

「二時五十分です」

「遅いな……」

村橋の言葉を合図とするかのように、サンロードの扉が開いて、バッグを提げた庸子が出てきた。東へ歩き始める。三軒隣の乾物屋前にある郵便ポストまで行くと、そのまわりをグルッと一周した。かがみ込んで、ポストの下側を探っている。暇なのか、乾物屋の主人が店先で庸子の仕草を見つめている。

私と村橋はさりげなくバス待ちの列を離れた。ゆっくりとサンロードに向う。

庸子が立ち上った。封筒を手にしている。例のごとく、ポストの下に貼りつけてあったのだろう。

封筒とバッグを持って庸子は軽トラックに乗り込んだ。トラックの中で封を切っている。犯人は庸子をどこかに誘い出すつもりだ。

私と村橋がサンロードの前まで歩いた時、軽トラックのエンジンがかかった。我々は歩を速める。

軽トラック出発。もうグズグズしていられない。

反対車線で我々を待つライトバン目指して走る。それを見てマメちゃんがエンジンをかけた。ライトバンのドアに手をかけた時、ロータリーを通ってUターンした軽トラックが、私の横を走り抜けた。

「追え、離れたらあかん」

マメちゃんはタイヤを軋《きし》ませてライトバンを発進させた。

緑地帯の向うでは、不動産屋を出た池田と鈴木が神谷の待つ乗用車に向って走っている。

米田と勝井もサンロードからとび出した。

6

「どないなってますねん」マメちゃんが訊《き》いた。

「封筒の中身、見んことにはちゃんと分らんけど、どこかに誘い出して、そこで金奪《と》ろ、いう企《たくら》みやろ」村橋が答えた。

「何でまた奥さん、封筒がポストの下に貼ってあると知ったんやろ」

「サンロードに呼び出し電話でもかけよったんやろ。ポストの下探せ、言うてな」

「えらいまわりくどいことしますな。次に行く場所も電話で伝えりゃ済むものを」

「根っからお手紙が好きなんやろ。この犯人、若い時、女たぶらかそ思て、文通ばっかりしとったんや。そういう軟弱な奴に限って、不細工な顔しとる。顔に自信ないもんやから、手紙書くしか能がない」

「そういう係長も、いまの奥さんによう手紙書いたそうですね」

「あほぬかせ。わしらの若い時分は、電話なんぞいう便利なもん、大金持ちの家にしかなかったからや。手紙でもやりとりせんことにはどないもならへん」

このふたり、話がすぐに脱線する。

「結局のとこ、またすっぽんかまされましたな」

「すっぽんて……うちの母ちゃんにか……」

「犯人にですがな」

「そっちのすっぽんか……せやけど今度のすっぽんからは、濃いスープが出とる」

「何ですねん、それ」

「もうすぐミミズに食らいつきよるということや」

「すっぽんがですか」

「魚やがな」

「すっぽんは魚ですか」

「あほ、あれはカメや」

「さっぱり分らん」

「分らんでもええ」

軽トラックは商店街を抜けたところで左へ曲がった。北へ向って走る。

神谷班、米田班とも追いついて、我々のうしろを走っている。車内ではバックシートにふんぞりかえった神谷が、やれ車間距離がせまい、もっとスピードをあげろだのと、がなり立てているに違いない。池田と鈴木のうんざりした様子が眼に浮かぶ。

さっき別れた覆面パトカーは遠く離れて我々を追ってきている。

「このまま、まっすぐ行ったらどこや」

「吹田か、豊中ですわ」

「その先は？」

「そんな分りますかいな。トラックに訊いてもらわんと……」

村橋はリアシートから身を乗り出し、私とマメちゃんの間に顔をはさみこむようにして喋《しゃべ》る。饐《す》えたような生臭いにおいが漂うのは、村橋のジャンパーが発生源らしい。

私はあわててポケットのたばこを探った。

「吹田いうたら、最初の脅迫状見つけたとこやな。銀行から逃げた時も北へ逃げよったし……案外あのあたりに巣を作っとるのかも知れへんで」

「そやけど、吹田、豊中は大々的に捜査員投入して、しらみつぶしに調べてまっせ。逃走車がまだ発見されてへんということは、望みうすやと、ぼくは思いますわ」

「それもそうやけど、何となく、北摂《ほくせつ》方面は臭い」

臭いのはあんたの服や、と喉《のど》の奥で毒づいて、けむりを天井へ吹き上げた。

案に相違して、庸子の運転する軽トラックは、三分ほど北へ向うと、橋の手前を左に曲がった。橋の名は江《え》の木《き》橋。神崎《かんざき》川を跨《また》いでいる。越えると吹田市、こちら側はまだ大阪市内だ。

「何や、もうひとつ動きがよう分りませんな。北へ行ったり、西へ向うたり……こっちの身にもなって欲しいわ」

「ここ、どこや」

「淀川区江の木町……のはずですわ」

「下水処理場のあるとこやな」

「よう知ってはりますな」

「新聞読んでへんのかいな、四、五年前、建設反対の住民運動があって、えろう揉《も》めたん知らんか」

「知りません。新聞なんぞ、めったに読まへんから……」

「刑事がそんなことでどうする」

「スポーツ新聞なら読みまっせ」

「あんなもんあかん」

他愛《たわい》のない会話を交わしつつも、視線だけは軽トラックから離れない。

阪急電鉄の踏切を渡り、次の信号を越えたところで、軽トラックは左側の指示器を点滅させて速度をおとした。停まるつもりらしい。マメちゃんはそのままのスピードを保って軽トラックを追い越した。

軽トラックが停まったのは、木造文化住宅の真前だった。歩道上には全面ガラス張りの電話ボックスがある。二十メートルほど前方に停めた車のウインドー越しに、我々はうしろを振り返った。

周辺に見えるのは、かごにいっぱい夕食の材料をつめこんだ自転車をのんびりこいでいる主婦と、せまい工場内では仕事が捗《はかど》らぬとみえてか、歩道上まで出張して鉄板を溶接している町工場のおやじ、重そうなカバンを提げて車に乗り込もうとしているセールスマン——その三人だけ。下町の平凡な光景だ。格別興味をひく人物はいない。

「どないしょ。ここから張ってるだけでええんかな、キャップから連絡ないし」村橋が言った。

「しばらく様子見ましょ、いまのところそんなに切迫した感じもないし」と、私。

「この調子で振りまわされとったら、わしらの存在、いずれ犯人にばれるで」

「そやかて、奥さんをひとりにするわけにもいきませんやろ」

「うむ……」

「どっちにころんだところで、ぼくらの存在、犯人にはよう見えてますんや。西三国駅でのぼくらのあわてぶり、どうせどっかから観て笑《わろ》うとったに違いない。ぼくらは人形に徹するほかないんですわ。人質という強い糸に操られてる人形ですわ。せいぜいおもしろおかしゅう踊ってやりましょうな」

自嘲《じちょう》と憤懣《ふんまん》をないまぜにしたようにマメちゃんが吐き捨てた。

庸子はトラックを降り、バッグを抱えて電話ボックスに走り込んだ。棚の下を探っている。そこから封筒をひきはがし、おずおずと封を切る。読み終えると、足元のバッグに蔽《おお》い被《かぶ》さった。ファスナーをひく。そのままの姿勢でしばらくあたりを見まわしていたが、思い決したようにバッグの口を勢いよくいっぱいに広げた。札束がひとつふたつころがり落ちる。

それを拾いもせず、じっと見つめている庸子の姿から、私はパンドラの箱を想い浮かべた。庸子の悲しみ、苦しみ、全てがバッグに凝縮されていた。最後に「希望」が残っていればこそ耐えられる。

反対側の歩道を、先程の自転車に乗った主婦が通りすぎたが、庸子に注意を払う様子もない。

その意志があれば、時おり走りすぎる車の中から、バッグの存在を知ることができるだろうが、車道側に庸子がうずくまっているので、札束までは見えないだろう。

「お披露目ですな」マメちゃんが呟《つぶや》く。

「電話かけさすんかと思うたら、札束の公開か。そやけど、犯人どこから覗《のぞ》いとるんやろ。この附近、高い建物ないで。望遠鏡使《つこ》うたって、札が本物かどうか分らんのに」と村橋。

「犯人にしたら、そんな細かいとこまで見る必要ないでしょ。手紙を読んで、躊躇《ちゅうちょ》なくバッグ広げて見せる……その行為を観察してたら、中身が本物かどうか、おおかたの察しは付きます」

「へえ、そこまで読んではりますんか……まるで心理学者でんな。いまはやりの行動心理学とかいうもんでっか」

マメちゃんに対してか、犯人に対してか、どちらともとれるような皮肉を村橋は浴びせる。

「それにしても、毎度、毎度同じパターンを使いくさる。大阪駅東口前の時と同じじゃ。

ガラス張りの電話ボックスに閉じこめといて、外から観察する……水族館か動物園みたいなもんや。自分の思いどおりに泳がして、さぞ気持ちのええことやろて」

文化住宅の二階から学生風の男女が、そこだけ鉄骨造りの階段を降りてきた。

私と村橋は反射的に歩道へとび出した。小走りで、ボックスに近づく。

庸子はあわててバッグを閉じる。男と女は腕を組み、庸子には眼もくれず、電話ボックスのそばを通りすぎた。

軽トラックの二十メートル後方からは、池田と鈴木がボックス目指して歩いてくる。車道をはさんで反対側の歩道には、米田と勝井が立っている。全員、いまの学生風を見て車からとび出したようだ。

パトカーもその姿こそ現わさないが、無線を駆使して庸子の軽トラックを遠まきに包囲しているはずだ。包囲網は庸子の動きにつれて、正確に移動している。

学生風が遠のくのを待って、庸子は電話ボックスを出た。軽トラックには戻らず、バッグを提げて我々の方に歩いてくる。立ち止まる私と村橋を視野に入れまいと、まっすぐ前を見据えて庸子は脇をすり抜けた。

もう軽トラックに用はないようだ。取引の近いことを予感させる動きだ。

私と村橋はライトバンに戻ると、トランシーバーの入ったビニールバッグを持って、庸子を追う。マメちゃんは少しずつライトバンを移動させて、いざという時に備える。

庸子がトラックを捨てたからといって、犯人も車を利用しないとは限らない。

庸子はそのまま西へしばらく歩き、信号のある交差点を左に曲がった。なおも歩調をゆるめず、まっすぐ進む。バッグが手に食いこむのだろう、何度も持ちかえる。風景は変わらない。町工場やモルタル塗りの小さな住宅が細い路地をはさんで建て込んでいる。

庸子は時おり左腕に眼を遣《や》りながら、足早に歩き続ける。

さっきの交差点から五分も歩いただろうか。次の信号の二十メートルほど手前で、ふいに庸子が歩をゆるめた。時刻を確認してから、真前にある喫茶店のドアを押した。

店の名はカントリー、元は赤だったのだろうが、色あせて黄色っぽくなったテントで二階部分を全面蔽い、窓には趣味のわるい紫色のシートを貼っている。窓枠の下にしつらえた植込みの赤茶けたナンテンが、外装をよりアンバランスに演出している。

「村長……」

「言わんでもええ。店の中には捜査員おらんし……そやからいうて外で張っとっても中の様子分らんし……わしらが行かんとしゃあないやろ」

尾行してますと言わんばかりに中に入った。店内で取引があることも考えられるから、庸子から片時も離れるわけにはいかない。

庸子は窓ぎわの席についたばかり。ウェイトレスとマスターの他に客は我々三人だけだ。紫のシートを透して、店内からは外がよく見える。

私と村橋は奥のカウンターに席をとった。赤いチリチリ頭のウェイトレスが大儀そうに水の入ったグラスを、庸子に、そして我々に運ぶ。

ペーパーフィルターで淹《い》れるコーヒーのかおりが店内に漂い始め、たばこを一本灰にした時、カウンターの電話が鳴った。マスターの横で洗いものをしていたウェイトレスが、濡《ぬ》れた手をジーンズの尻《しり》で拭《ふ》きながら受話器をとる。庸子への呼び出し電話だった。二、三回手短に返答した庸子は、受話器を置くと、勘定を置いて店を出た。

私と村橋もコーヒーが来るまで待っていられない。そそくさと席を立つ。さすがにウェイトレスは怪訝《けげん》な顔をしたが、マスターは相も変わらぬ仏頂面で我々を見送った。

店を出た途端、ぶつかったのが池田と鈴木。

「奥さん、どこ行った」

「次の角、左へ曲がったとこです」

「そうか……今度は君ら、先に尾《つ》けてくれ。わしと黒さんはちょいとまずい……じっとしとらんと早《は》よう追わんかい」

村橋が背中を軽く押しやると、二人はネジを巻かれたオモチャのように歩きはじめた。

「あいつら、先頭切るの嫌なんやで。刑事のカンで取引の近いことを知っとるんや。功名は欲しいけど、危ない橋は渡りとうない、そういう態度が見える。捜査一課にも、ヤワな連中が増えてきた。情ない限りやで」

そういうあんたはどうですねん。係長やということとカサにきて、何とかうまいこと立ち回ろうとばっかりしてるやないか。あんたこそ、いちばんヤワでんがな――と、これは私が胸の中に収めた言葉。

池田と鈴木を追って左へ曲がる。庸子はまっすぐ東へ歩いている。先に電話ボックスがあった。

「黒さん、見てみい、また電話ボックスや。奥さんきっと入るで」

「こないしてみると、電話ボックスいうの、ようけあるんですな」

「ほんまや、いままで何気なく見過ごしとったけど、こんなにあるとは思わなんだ。電電公社もうかり過ぎやさかい、こうして金使わんとあかんのやろ。お役所仕事いうのはそんなもんや。要るか、要らんかは問題やない、いかにその年の予算を使い切るか……ただそれだけやで」

村橋が最後はおどけるように締め括《くく》った。

その言葉どおり、庸子は電話ボックスに入った。さっきと少し違うのは、しばらくのち庸子が再びドアを少しあけて、隙間からバッグだけを外に押しやったことだ。ドアを閉めて、庸子はかがみ込む。そのまま立ち上らない。旧式の上部だけガラス張りのボックスだから、庸子が何をしているのか見当がつかない。

「黒さん、拳銃の用意ええか。安全装置外すの忘れたらあかんで。今度こそほんまや。犯人、あのバッグ拾いに来る」

池田と鈴木は電話ボックスを通りすぎて、その少し先にある特定郵便局に入った。彼らはバッグだけが外に置かれたことを知らない。米田と勝井は反対側の歩道をゆっくり歩いている。私と村橋は二人並べばもうまっすぐ歩けないような細い路地に潜り込んで、眼だけをギョロつかせている。

　電話ボックスに変化なし。時間の経過が遅い。いつ誰があのバッグに手をかけるか、……バッグを凝視する。二分、三分、四分、時計の針だけは機械的に進むが、時間は静止したままだ。

「あかん、黒さん。わし、もう我慢できん。気が狂いそうや。こら拷問や、やりきれん」

「応援を要請しましょ。あのバッグのそばにいるの我々だけです。池田組と米田組は、ちょっと離れすぎてます」

　村橋がトランシーバーを取り出した時、ボックス脇に軽自動車が停まった。銀ブチ眼鏡に紺スーツの男がひとり、黒の革鞄《かわかばん》を大事そうに抱え、運転席を降りて急ぎ足でボックスに向う。

　私はホルスターのホックを外しながら路地を出る。

　男はポツンと置かれたバッグに目を遣った。

　私はホルスターから拳銃を抜いた。安全装置を外す。足が地につかない。男の背後に迫る。

　男は少し上体をかがめてバッグを見つめる。ほんのしばらく逡巡《しゅんじゅん》したのち、バッグを足で横に押しやり、ボックスの扉を勢いよく開いた。足許《あしもと》に女がうずくまっているのを見て、少なからず驚いたようだ。庸子もヒッと小さく叫ぶ。

「しっ、失礼」

誤ってトイレの扉を開けたかのように、男は眼を逸《そ》らした。何も言わずに車に引き返す。私と眼があうと照れ隠しのように首を横に傾げた。私は拳銃を上着で被《おお》う。

男はタイヤを軋《きし》ませて走り去った。私は膝《ひざ》の力が抜けて、思わずしゃがみ込んでしまった。

物陰に停まっていた覆面パトが、軽自動車をさり気なく追走する。

それをしおに、庸子はボックスを出た。バッグを手に、また歩き始める。

「もう、わし知らん。こうなったら、何があっても驚かへんで、どうとでもしてくれ」

私の背後で村橋が呻《うめ》いた。このくそじじい、私を盾にするつもりだったに違いない。

庸子は郵便局を過ぎ、その先を左に曲がった。池田と鈴木が尾ける。気をとり直して我々もあとを追う。

「村長、気付きませんか」

「何に？」

「奥さんの動きですがな」

「どういうことや、勿体《もったい》ぶらんと言うてくれ」

「奥さん、喫茶店寄ったり、電話ボックス入ったり、不規則な動きしてるようやけど、ちょっと広い通りに行きあたると、必ず左に曲がってます。軽トラック駐《と》めた時は西向きです。次の角曲がって南向き、次は東、そして今度は北に歩いてます。このまま、まっすぐ歩くと……」

「そうか、読めた」

村橋が手を打った。「次の角、左に曲がったら元の場所や、トラック駐めたとこやないか」

「そうですわ。何のことはない、一辺四百メートルくらいの四角のまわり、ぐるっと一周まわっただけですわ。要するにこれも顔見せやったんです。犯人、端《はな》から取引するつもりなんかあらへん。ぐりぐり歩かせて、我々の動きを観察しとるんですわ」

解説しているうちに、顔が熱くなる。犯人のせせら笑いを思うと、こめかみのあたりがぴくぴくする。

「今回も見送りか。いったい、いつ接触してくるんや。垣沼はん、死んでしまうがな」

「このまま、取引がないことも考えられます。犯人がどう脅そうと、取引の場に我々がおらんということはあり得へんのやから」

「なんや後味わるいな、わしらが垣沼はんに危害加えるみたいで」

「わるうても、放ったらかしにできませんわ。ここで見逃したからいうて、この犯人が二度と強盗やら、殺しやらせんという保証はおません。相手は拳銃持っとるんです。あんなもん持たしたら、普通の人間でも眼がギラギラしてきよる」

「あの奥さん、ほんまのこと、どう思うてんねやろ。わしらのこと邪魔でしゃあないのと違うか、そんな顔してるで」

「少なくとも歓迎はされてませんな。頼りにもされてません。極端に口数が少ないのも、その表われですわ。正直言うて、人質とり戻したかったら、黙って犯人に金渡してやったらええのです。金でひとひとりの生命《いのち》買えるんやから、安いもんや。しかし、そないすることを世間が許さんのですわ。何のため税金払《はろ》とるんや、言うてね」

「わしらかて税金払うとるやないか。わしにも一市民として発言する権利くらいある」

また話題がそれる。いちいち応《こた》えていたらきりがない。村橋に背を向けて先を行く。

しばらく北へ歩いていた庸子は、ふっと立ち止まると、車道に出た。そのまま道路を渡り始める。庸子の進行方向には、下水道の点検でもしているのだろう、オレンジ色のキャンバス六、七枚でマンホールのまわりを囲んだ一画があった。作業員は見当らない。脇目もふらずにそこまで小走りで近づくと、庸子はキャンバスをひょいと手でよけて囲いの中に入った。またしゃがみ込む。

キャンバスの高さは約一メートル。頭が見え隠れする。しばらくのち、庸子はかがみ込んだまま、先程の電話ボックスでしたのと同様に、キャンバスをずらすと、バッグを西側の道路上に押しやった。

「またかいな。もうその手は桑名《くわな》のなんとやらや。こんなことにつきおうとられへんで」

「村長、連絡。あの工事現場、車で包囲するよう連絡して下さい。今度はさっきみたいなことおませんで。車道の真中や、犯人いちいち車から降りんでも、ちょいとドア開けて手伸ばすだけでバッグを奪《と》れる。ゆっくり走りながらでも、さろうて行けます。バッグが西側にあるということは、犯人南から来て北へ逃げる公算大ですわ」

「よっしゃ。そう言う」

情報はすべて神谷に集まる。彼の乗る覆面パトカーを中継して、全パトカーに指令がとぶ手筈《てはず》となっている。

私はそれとなく、マメちゃんのライトバンを探す。犯人が車を利用するつもりなら、こちらもその準備はしておかねばならない。

「村長、マメちゃんどないなってます。いざという時、車がなかったらお手上げでっせ」

「さっきの喫茶店までは、ちょこちょこ付いて来てたんやけど……まださっきの通りにおるんやろ」

「そんなのん気なこと言うてる場合やおませんで、犯人いつ現われよるや分らんのに」

「もうええやないか、そんなシャカリキになってどうする。追跡は、ほんまもんのパトカーに任せといたらええんや。犯人が車に乗ってしもたらわしらはお役ご免や。下手な運転して事故でも起こしてみい、また失点が増える。餅《もち》は餅屋、追跡はパトカーと相場が決まっとる。もう、わししんどい、くたくたや。この辺でひと休みしたいがな」

「そやかて、ここまで来て、ただ眺めとるのもつまらんでっせ」

「ほな、黒さんだけ追うたらええがな。相手は拳銃持っとんのやで」

なんのことはない、敵前逃亡である。ここが戦場なら、即射殺だ。

村橋が眼鏡を外して額の汗を雑巾《ぞうきん》色のタオルで拭《ふ》いた時、私は人さし指を拳銃に見立てて、この万年上等兵を撃ち殺した。

あとで知ったが、その時、マメちゃんは、さっきまで池田と鈴木のいた郵便局前に待機していたらしい。神谷の車はそのすぐうしろ、二台連れだって行動していた。

犯人が車で来ると読んだため、私と村橋は大胆にもキャンバス囲いから遠く離れ、さっき曲がった角地を固定配置の場に選んだ。身を潜めるべき路地も、手頃な店も見当らないので、電柱に何枚も貼られたストリップの広告を、ためつすがめつ鑑賞する悶々《もんもん》不良中年コンビを演ずる。遅すぎたきらいはあるが、何もしないよりはいい。

池田と鈴木は路地から通りをうかがい、米田と勝井は向うの歩道をのらりくらり往復する。村橋の連絡により、パトカーの配備も完了しているはずだ。

最初のうち、頭を見え隠れさせていた庸子も、少しは落ち着いたとみえ、かがみ込んだまま姿を見せない。

三時四十五分、夕方のラッシュアワーにはまだ間がある。時おり通る車も、バッグなど眼に入らぬとばかり、キャンバス囲いを大きく迂回《うかい》して走る。とりたてて怪しい動きをする車はないが、その車種、色はしっかり頭に刻み込む。同じ車が二度も三度も通るようなら、当然尾行の対象となる。さっきの銀縁眼鏡もいまごろはパトカーに停められて、眼をパチクリさせていることだろう。

依然、何の変化もない。張込みとは本来こんなものだ。

紅茶に角砂糖を落とす。泡がブクブクあがるばかりで、いっかな溶ける気配がない。まどろっこしくなってスプーンに手を伸ばしたとき、ガクッとサイコロが傾く。甘味がカップの底辺に沿って拡散していく。角砂糖は中から溶ける。外の形に変化がないからといって、あせってはいけない。ましてスプーンに眼を遣《や》ったりすると、崩れる瞬間を見落とすことになる。ただじっと、カップの中を眺めているだけでいい。……以前、マメちゃんから、こんなたとえ話を聞いたことがあった。もっとも本人は、女の子を落とす秘訣《ひけつ》として喋《しゃべ》ったのだが。

「黒さん、何をぼんやり考えとるんや。女の股《また》ぐらのあたりに、じっと目を遣って……、」

もう長いことしてへんのかいな」

「えっ、いや、張込みの原点に立ち返っとったんですわ」

「何のこっちゃ……あのな、わし、いま気付いたんやけど……あの工事現場、何で作業員おらへんのや？　いま昼飯食いに行くような時間やないで。現場放ったらかしてどこへ行く。ちょいとおかしい思わんか」

「そういえば、おかしいですな」

「そやろ、だいたいあんなとこに、あんなもんあるのもおかしい。公衆電話や喫茶店なら、その場所を移動することないのやから、金の受け取り場所としては、何ら不思議はない。そやけど、下水道の補修工事や点検なんぞ、せいぜい半日で終るもんや。ということは、いつどうなるとも知れん場所を、犯人は取引地点として指定したことになる。これはどういうことや」

「あの現場は、犯人が設定した……」

「そうや、作業員がおらんのも、それで納得がいく」

「目的は？」

「そこが、もうひとつよう分らん。犯人、下水道伝《つと》うて金受け取りに来るつもりやったんか……それなら、バッグあんなとこに放り出しとく必要はない。さっさとマンホールに投げ込んだらええんや」

「やっぱり、車使《つこ》うて拾うつもりなんやろか……しかし、それやったら、道の真中にわざわざあんな舞台作る必要ない。奥さん車道の端に立たせとくか、それともバッグだけそのへんの電柱にでもぶらさげといてひったくるか、その方が人目につかんし、余程簡単です」

「奥さん、しゃがみ込んだまま動かへんというのも気に入らん」

「さっきも、そうでした」

「そや、あの電話ボックスでもそうやった。まさか、この切迫した時に冗談であんなことするとは思えん、何か意味がある」

村橋も金髪女の大きく広げた脚の付け根に視線を据えたまま考えこんでいる。

「マンホールや、マンホールが問題や。穴にカギがある」

ポスターには、『貞操帯の鍵《かぎ》をあなたに』と、どぎつくピンク色で大書してある。

私と村橋はうちそろって、うんうん唸《うな》り続けた。

「黒さん、こらあかんで。わし胸さわぎがする。あのマンホールやっぱりおかしい。どう考えても腑《ふ》に落ちん。もう待てん」

「私もです」

「行ってみよか」

「行きましょ」

互いに頷《うなず》きあい、囲いに向って一歩を踏み出した時、キャンバスの線上に、庸子の顔が浮かび上った。中腰のまま、不安そうに周囲を見まわしている。池田、鈴木組と眼があう。池田と鈴木は路地をとび出した。マンホールに向って走る。それを避《よ》けようとして、トラックが急ブレーキをかけた。タイヤがアスファルトをかんで、悲鳴をあげる。

「あほか、お前ら」運転手が首を突き出して喚《わめ》いた。

私と村橋も走る。ゴム長の中で足が躍る。米田と勝井も走っている。

私が囲いの中に見たものは、呆然《ぼうぜん》と立ちすくむ庸子と、その両手にしっかりと握りしめた細いナイロンロープ。そのロープの先はマンホールに消えている。池田と鈴木は流れる汚水の上に頭をかざし足を大きく広げて、張り切ったロープをたぐっていた。

「どないした」私はどなった。

「どないもこないもあるかい、このロープの先に一億円ひっついとるんや」

「金はそこにあるやないか」

「あれは金と違う」

私は走り寄ってバッグを開く。

「これは……」

中には発泡スチロールがぎっしり詰まっていた。やっと走りついた村橋も、その白い塊を見てへなへなと坐《すわ》り込んだ。

「どういうことや」振り返った私は、再び大声をあげる。

「詳しいことはあとや。いまはそんなこと考えとる暇ない。早《は》よう、キャップに連絡してくれ。この下水道の先に犯人がおるんや」

池田と鈴木はなおもロープをたぐりながらどなり返す。流れが強い上に、大きなバッグを先端に括《くく》りつけているためか、かなり重そうだ。

「ここから下流のマンホールを監視するように手配してくれ」

「村長、トランシーバー」

村橋は黙って手にしたビニールバッグを振った。底が破れてヒラヒラしている。

「わしのを使え」

池田の肩から黒い箱を外す。ロープの先はまだ見えない。

私の連絡は、捜査陣を驚嘆させるに充分であった。一言、二言、言葉を交わした時には、もうマメちゃんのライトバンが、曲がり角から姿を現わした。

池田と鈴木のたぐるロープが、マンホールのまわりにくねくねと抽象模様を描き出す。おおよそ五十メートルもたぐっただろうか、やっと端が見えた。バッグとは似ても似つかぬ、赤い三輪車をしっかり括りつけて……。

7

「こんなあほなことようあったたな。あれだけの捜査員投入しておきながら……」

神谷のゆがんだ顔がより一層ひどくゆがむ。会議室のすり減って木目の浮き出た机に視線を落とし、肩はもっと落としてぼっそり呟《つぶや》いた。

「済んだこと、いまさらどうのこうのと悔やんでも仕方おませんがな」村橋が応じた。

「ようそんな無責任なこと言えるな。済んでしもたらどんなことにでも免罪符が下りるのか。それやったらわしらの職業、存在価値がなくなる」

「そやかて……」

「もうええ、時間がないんや、今日の事件経過まとめてくれ。黒板使いながらやってくれ」

村橋はよいしょと大儀そうに席を立ち、黒板に歩み寄った。

「午前中から全部まとめるんでっか。書ききれませんで」

「昼からや、サンロードからでええ」

神谷が二重顎《あご》を突き出して指図する。村橋はぷいと横を向いた。

「ほな始めるで。わしの言うことに不足があったら、手あげて発言するんやで、ええな」

神谷へのうっぷん晴らしか、ちょっとすごんでみせた。「二時三十三分、米田、勝井、サンロード着、店内で張込み。二時三十八分、奥さん、サンロード着。店内の客、五人。近所の主婦二人と子供一人、八百屋の主人とクリーニング屋の使用人。いずれも馴染《なじ》み客や。まず問題はない。他にマスターとウェイトレス一人。ウェイトレスはマスターの娘。これも問題なし。二時四十八分、犯人より電話。オオガキと名乗って奥さんを呼び出す。三軒隣の乾物屋前にある郵便ポストに封筒を貼りつけてあるという連絡やった。二時五十分、奥さん、サンロードを出る」

「コーヒー代二百八十円、あの味にしては高い」

米田が口をはさむ。捜査員の間からふっと笑い声が洩《も》れる。

「発言は手あげてからにしてもらえまへんか……。これがその手紙や」

村橋は手にした封筒を示すと、無造作に中身をひき出した。広げて見せる。もう見飽きた、あの文字だ。

「読むで、しっかり聞いてくれ。〈商店街を抜けて最初の信号を左に曲がり、そのまままっすぐ北へ走れ。橋の手前、左側の角に薬屋があるから、そこを左に曲がれ。踏切を渡り、ひとつめの信号を越えたところにガラス張りの電話ボックスがある。そこに入れ。三時五分までに行くこと。棚の下にメモ有り。あらためて忠告する。ご主人はまだ生きている。心配するな。ご主人を生かすも殺すもあなた次第。あなたの目的は、ご主人を取り戻すことであって、私を捕えることではない。そこをよく考えること。私はあなたに危害を加えるつもりはないが、もし警察が介入したら、その時は容赦しない。存分に撃ち合う。私が死ねばご主人もいずれ死ぬ。あなたの為《な》すべきことはひとつ、ただ黙って私の言うとおりにするだけだ。金を受け取り、それが本物であると分った時、私はご主人を解放する〉……ああしんど」

しんどいのはこっちだ。村橋が、行きつ戻りつ、こけつまろびつ読みあげる言葉は、音として耳に入りこそすれ、頭の芯《しん》まで届かない。耳の奥でいったん再構築してから脳に収める。

「えらい説得調ですな。まんまと金奪《と》られたから言うんやないけど、奥さんの心理、うまいこと衝《つ》いてますがな。何とか思いどおりに操ろうとしてる」

他人事《ひとごと》のようにマメちゃんが評するのを神谷が睨《にら》みつける。

構わず、村橋は続ける。

「二時五十三分、軽トラック出発。三時五分、江の木町二丁目の電話ボックスに入る。これが棚の下にあった手紙。読むで、ええか、〈金が本物であることを証明されたし。バッグをいっぱいに広げること。私は望遠鏡で見ている。附近に人通りのない時に実行せよ。その後、三時十分、ボックスを出て西へ歩け。スーパー・ダイエーの広告塔が見える方向だ。もうトラックは使わない。金を持って行くこと。信号を左へ曲がれ。南へまっすぐ歩き、次の信号手前の喫茶カントリーで待て。三時二十分に連絡する。もう一度確認する。ご主人を生かすも殺すもあなた次第。あなたの目的はご主人の救出。警察の目的は私の逮捕。どうすべきかよく考えること。なお、あなたの動きは全て監視されているからそのつもりで〉以上や」

「だんだん暗示をかけよういう作戦ですな。くどくどと同じことを繰り返しよる」

マメちゃんが言った。自分がくどいことには気付いていない。

「三時十分、奥さん電話ボックスを出る。三時十八分、南江の木町一丁目、喫茶カントリーに入る。三時十九分、わしと黒田、店内に入る。三時二十四分、犯人から電話。南へ歩いて次の角を左に曲がったら電話ボックスがある。そこにメモがあるから読めという内容やった。奥さん電話切ってすぐ店を出た。わしと黒田もあと追うた。わしら何も飲まずに金だけ払《はろ》うて店出たんや。コーヒー代三百円、匂い嗅《か》いだだけで三百円。わしらのコーヒーがいちばん高かったで」

そこで言葉を切り、村橋はにやにやと一座を見渡した。誰も笑わない。にやにや顔の持って行き場がなくなった。コホンとひとつ空咳《からせき》をして元の表情を作る。

「カントリーのマスター、ノミ行為と管理売春で二回パクられてる。ウェイトレスはまだ十六やった。中学卒業してから、働いたり遊んだりや。……ま、いまはこんなことどうでもええ、本筋に移ろ。奥さん、カントリーを出たあと南へ歩いた。ひとつめの信号を左、つまり東へ曲がった。百メートル歩いて、南江の木町三丁目の電話ボックスに入ったんが三時二十七分や。入って約一分後、また扉がちょっと開いた。奥さん、バッグだけ外に押しやってかがみ込んだ。おかしな動きやけど、これには理由がある。あのボックスの中にあったメモや。例の如く棚の下に貼ってあった」

村橋は三枚目のメモを取りあげるといきなり読み始めた。

「〈もう一度、金を確認する。ボックスの外にバッグを押し出せ。顔を見られたくないから扉を閉め、ボックスの中で坐って待つこと。何があろうと決して立ち上ってはいけない。三時三十五分までその状態を保つこと。そのあと、バッグを持って進行方向へ歩け。ひとつめの信号を左に曲がれ。百メートル先、道路中央に下水道補修工事現場がある。三時四十二分ちょうど、そこへ行け。マンホールの蓋《ふた》の下に次の連絡メモ有り。繰り返し忠告する。私の指図に逆らってはいけない。警察をあてにしてはいけない。あなたの目的はご主人。私の目的は金。私が逮捕されればあなたの目的は達せられない。あなたの生命《いのち》も保証できない〉」

心憎いばかりの演出だ。倦《う》まず説得を続けることで、徐々に相手の気持ちを軟化させ抵抗力をそぐ。高度な心理作戦と言える。夫を救出することしか頭にない妻には、とりわけ効果的だ。

「こいつやっぱり普通やない。ここまで同じこと繰り返すいうのは並の人間にはできん。

なんぼカタカナやからというて不自由な左手でこれだけ何枚も書くの、相当の努力でっせ。常人には真似のできん所業や。こういうのを偏執狂言いますねん、偏執狂とね」

評論家、亀田淳也氏が断言する。

「そのおかげかどうかは分らんけど、大枚一億円せしめたんやから、いまのところ努力は報われたと言える」

村橋が感情のこもらぬ平板な調子でマメちゃんのあとを継ぐ。

またひとつ空咳をして黒板に向き直った。

「三時三十四分、軽自動車がボックス横に停まって男がひとり降りた。男は北大阪信用金庫の外勤で、横田正勝《よこたまさかつ》、二十七歳。これから行く得意先に連絡入れようとしたらしい。結果的には白やったけど、あの時はえらい緊張したで……」

私のうしろに隠れておきながら、緊張したも何もない。

「三時三十五分、奥さん、ボックスを出た。東に歩く。次の角を北に曲がった。例の工事現場に入ったんが三時四十二分。そこにあったんがこれ。最後の手紙や」

村橋は紙を広げて眼の高さまで持ちあげると、両腕を固定したまま、上体を左右に回転させた。安宅《あたか》の関でもあるまいに、えらく勿体《もったい》ぶった仕草だ。

「読むで……〈金を受け取る。まずマンホールの中にあるバッグをとり出して、囲いの外、白線の中に置け。その作業を終えてから次を読むこと〉ここのとこ、説明せんと分りにくいやろ。マンホールの中には、鉄のはしごが取り付けてあるんやが、そのいちばん上の段に、ハリガネでバッグが吊《つ》るしてあったんや。アディダスのスポーツバッグ、色は青。札束入れてきたのと同じバッグや。ちょいとかがみ込んで手を伸ばしたらすぐとれる。奥さん、そいつを囲いの外に押し出した。ご丁寧にチョークで円を描いとったから、その中に押しやった。偽バッグには発泡スチロールがぎっしり詰まってた。いま、鑑識で調べてる。……〈以上の作業を終えたら、ロープに金の入ったバッグをしっかり括《くく》りつけること。バッグをゆっくり降ろせ。ロープの端は持っておけ。離してはいけない。ロープが伸びきった地点で私は金を受け取る。そのあと、ご主人の居どころを書いたメモをロープに括りつけるから十分間待つこと〉……これでおしまいや」

「私らが行った時、奥さん、ロープの端を手に巻きつけて青息吐息でした。水の流れが強い上に、先にあんな大きなもん括りつけとるから、えらい重とうて……ロープ離さんように踏んばってるのがせいいっぱいでした。あの様子では、とてもやないが犯人の指示どおり十分間も持ち堪《こた》えられへん。奥さんの手、ロープが食い込んで白うなってました」池田が説明を加えた。

「バッグと三輪車、いつ入れ替わったんですか。奥さん気付かへんかったんですか」

手を高くあげてから勝井が訊《き》いた。

「ロープは水の流れにそってするする伸びていったそうやから、途中で奪《と》られたということはないと思う。ロープが張りきってからやろ、バッグ奪りよったんは」村橋が答えた。

「池田さんと鈴木さんが囲いの中に入ったんは何時です」

「三時五十分。ロープを降ろし始めたんが三時四十三分。五十メートル全部伸びきるまで約二分。こいつはあとで実験してみた。つまり三時四十五分から五十分の間に、バッグ奪って、代わりに三輪車括りつけよったんや。黒さんの連絡で、現場周辺のマンホールにパトカー張りついたんが三時五十三分。そやから、三時四十五分にバッグを手にしたと考えて、地上に出るまで八分の余裕があったわけや」

「奥さん、ロープの端握りしめたまま七分間も頑張ってはったんですな。手が痺《しび》れるはずや」

どこか白々しいマメちゃんの言葉に神谷が大声でかみついた。

「そんなつまらん頑張りをするからあかんのや。ロープ降ろす前に、わしらに連絡すればええものを、まるで夢遊病者みたいに踊らされて……だいたい君らも君らや。奥さんの様子見て、おかしいと思わんかったんか。何年捜査一課の飯食うとるのや」

「そう言わはってもですなあ……」

それが興奮した時の癖で、鼻をクシュンクシュン鳴らしながら、最も長く一課の飯を食っている村橋が神谷に負けぬ大声で応じた。

「あの場合、ああする他に、手ありませんがな。わしら、このメモ読みながら動くわけでもないし、ただ奥さんのあとを金魚のフンみたいに尾《つ》いて歩くしかしようがない。グルグル振りまわされるばっかりで、いったいいつ取引があるのやら予想もつかん。ええ、そうでっしゃろ……大阪駅東口前の電話ボックスしかり、ミューズしかり。サンロードから文化住宅前の電話ボックス、カントリー、また電話ボックス……わしら、どれだけ歩きまわったと思いますねん。それも、足に合わん臭い長靴履いて……。あの工事現場でもそうですがな。奥さん、中でしゃがんだきりなら当然行動起こしてます。そやけど、肝腎《かんじん》のバッグがわしらの目の前にちゃんと鎮座ましましとる。バッグがある限り安心や。あれが消える時は犯人の現われる時……誰でもそない考えます。それに奥さんがしゃがみ込むのは前のボックスで経験済みやし、少々のことでは驚きまへん。だいたいがやね……犯人が現われるまで、要らん手出しはするな、奥さんのあとしっかり尾けるだけでええと言わはったのは、キャップ、あんさんでっせ。それを最高指揮官であるあんさんがそんなふうに言うの、おかしいのと違いますか……。要するに、心理の綾《あや》をうまいこと衝《つ》かれたんですわ。犯人の方が一枚上手やった。いまはそうとしか言えまへん」

言うだけ言って、村橋は震える手でたばこを吸いつけると、たて続けにけむりを吐いた。

「いや、別に村さんのこと言うたんやない。奥さんがもうちょっと考えてくれたらと、わしはそれを言いたかったんや」

神谷が弱々しく呟《つぶや》いた。ケンカは先に興奮した者の勝ちだ。

「質問」

勝井がまた手をあげた。「犯人が地上に出たんはどこからです。目撃者は？」

「おらん」

「何でです。何ぼ他人のことに関心ないというたって、地中から人間が這《は》い出てきたら、誰かてびっくりします」

「そんなにあわてるな、これ見てくれ」

村橋は傍らの紙袋から大きな青い紙を抜いてテーブルの上に広げた。

「江の木町周辺の下水配管図や。現場から北へ七百メートルも行くと神崎川沿いに、市の下水処理場がある。淀川区一帯の下水は全部この処理場に集まるさかい、現場附近の下水管はものすごう太い。直径一メートル五十センチ、子供やったら中でマラソンできる。補修、点検用のマンホールの位置は、この二重丸のところ。現場から百メートル下流やから、これとこれが怪しいんやけど、最近蓋が開けられた形跡はないんや」

「マラソンできるくらいや、もっと遠いマンホールから出たんと違いますか」

「それはない」

「何で？」

「さっきわし言うたはずや。バッグ手にして、地上に出るまで八分しか余裕がないと」

自分で書いた黒板の文字を眺めながら村橋が答える。

「八分もあったらかなり遠くまで行けます」勝井は諦《あきら》めきれない。

「あの時間、まだ夕食の仕度には早いさかい、汚水はそんなに多いことはないけど、大人のふとも隠れるくらいの量は流れとったんや。そんなとこを重たいバッグ提げて、懐中電灯持ってどう走る。水の底には泥がたまってるから足がめり込むし、壁は苔《こけ》でぬるぬる。こけんように歩くのがせいいっぱいや」

「村長さんのご意見、充分拝聴しました。八分間でそんなに遠くまで行かれへんこともよう分りました。ほんなら、犯人はまだ下水管の中に潜んでるとお考えですか」

マメちゃんが神妙な口調で訊いた。

「あほか君は、いま何時や思うてんねん。もう八時過ぎやで。あれから四時間以上経っとる。あの一帯の下水管、ネズミしか通れんような細い穴まで捜索したん知っとるやろ」

「ほな、どうやと言わはりますねん。遠くへは行けん、近くのマンホールの蓋《ふた》を開けた形跡はない、下水管は捜査済み、犯人金持って消えたんでっか」あほ呼ばわりされてマメちゃんは鼻白んだ。

「どんな手品にでもタネはあるんや。この配管図よう見てみい」

神谷を除いた全員の視線が青い紙に集中する。神谷だけが、椅子に背中をもたせかけ、ぼんやりとけむりを吹きあげているところを見ると、タネを知っているのだろう。知っていながら、得意気に我々を焦《じ》らす村橋を放置しているところに彼の人間性がうかがえる。今日の失態をどう言い繕うか、作戦でも練っているに違いない。

「まるで迷路クイズですな。お手上げや。すんなり降参します。タネ明かしして下さい」

おもしろくもないお遊びにつきあっていられない私は、村橋をおだてた。

「しゃあない、教えたろ。タネはここにあるんや」

村橋が指したのは、下水処理場そのものであった。

「その図面ではよう分らんけど、この処理場ぎょうさんの溜池《ためいけ》持っとるんや。第一沈澱《ちんでん》池、第二沈澱池いう具合にな。汚物を沈澱させて、その上澄みを次のプールに順繰りに送る。そうやって段々と汚れを取り除く。最終段階では、空気を送り込みながら、残った汚物をバクテリアで分解させる。そのあと神崎川に放水と、まあ、こういう段取りになってる。犯人はわしらの盲点を衝いて、この処理場まで行きよったんや。

問題はこの第一沈澱池にある。えらい大きな正方形のプールで、全体が屋根がわりのコンクリート板で蔽《おお》われてる。その上で少年野球くらいならできる広さや。つまり、とてつもなく大きなコンクリート製のマッチ箱を地中に埋め込んである、と考えたらええ。このマッチ箱に半分くらい水が入っとるのやけど、水面と天井との距離は約二メートル五十センチ。水面から五十センチほど上を、田んぼのあぜ道みたいに、鉄製の通路が十メートル間隔で碁盤の目のように走ってる。こいつは池の点検用や。下水管を通って集まった汚水は、いったんこの第一沈澱池に流れ込む。

犯人もこの池に入った。箱の中やから誰にも目撃されることはない。下水管からあぜ道に渡り、こいつを通って鉄の扉をあけた。階段を上って堂々と外に出た。ここでも し誰ぞに目撃されても、処理場の中やし、作業服着て長靴履いとったら、怪しまれることはない。あとは車にバッグ積んで、すたこらさっさや。こんな簡単な逃げ方あらへん。説明しとるわしまであほらしなる」

「処理場を出入りする際のチェックは」

「固形沈澱物の引取りや何やで、四六時中、車が出入りしとる。従業員も交代制勤務やさかい全くのフリーパス。手の付けようがない」

「その第一沈澱池から逃走したというのは間違いないんですか」

「五時頃、捜索に行ったもんが確認してる。あぜ道にゴム長の痕《あと》がべっとり付いとった。もちろん写真は撮ってある。いま、従業員のゴム長と照合中やが、処理場で支給されたものとは模様が全く異なっとるさかい、まず犯人のものとみてええやろ」

「車の目撃者はどうですか」

「あの処理場、とてつもなく広いから、車駐《と》めるとこは何ぼでもあるんや。あっちの池の側に一台、こっちのポンプ室横に一台と好き勝手に駐めとる。近所の連中が駐車場代わりに使うこともあるそうやさかい、こいつも望み薄や。ま、本格的な聞き込みは明日《あした》からになるけど……」

「他に何ぞ手掛かりは？」

「何もない。ゴム長の痕だけ残して消えよった。稀《まれ》に見る計画的犯罪や。スマートなもんでっせ」結論付けて、村橋はフィルターのところまで吸い尽くしたたばこを揉《も》み消した。

「犯人からみたら、してやったりいうとこやけど、我々にしたら大チョンボやなあ。明日の朝刊が楽しみや。いままで箝口令《かんこうれい》布《し》いてた反動で、どれくらいひどい叩《たた》かれようするのか想像もできん。赤い三輪車の代わりに、約束どおり、垣沼はんの居どころ報《しら》せるメモでも付いてたらちょっとは救いがあったんやけど……。それにしても垣沼はん、どないなっとるのやろ。定石どおりやったら、もうこの世にはいてはらへんねやけど……」

誰もが意識して避けていた垣沼の安否を、米田があっさり口にした。

「それや、そのことやけどな……」

神谷が突然ガバッとはね起きて立ち上った。椅子がうしろに倒れ、乾いた音が部屋に響いた。

神谷のゆがんだ顔はいつもどおりだが、それに青味がさして凄味《すごみ》さえ感じさせる。唇の端が小刻みに震えている。

「さっき鑑識から連絡があったんや。垣沼さんの耳のことでな……」

ゴクッと唾《つば》を呑《の》み込むと、あとは一気に喋《しゃべ》り続けた。

「垣沼さん、死んでるんや。あの耳、詳細に調べた結果、切断面の凝血状態と細胞組織中の出血状態、それにアルカリフォスファターゼ反応とかいう酵素活性を調べた結果、生活反応がないと断定された。つまり、あれは生きた人間から切り取ったもんやない、ということが分った。今朝、十時の電話では垣沼さん確かに生きてたから、あのあとすぐ殺されたか、或《ある》いは傷が悪化して死んだに違いない。もうちょいと早《ほ》よう検査が済んでたら、みすみす一億もの大金、奪われることもなかった。奥さん、死人に金払うたことになるんや」

ロープの端を手に巻きつけたまま、放心したようにマンホールの底を凝視していた庸子の姿と、写真の中で笑っていた垣沼の顔がオーバーラップする。

我々は考え得る最悪の事態を招いてしまった。

捜査を始めるにあたって、いったい誰がこんな状況を頭に描いたであろう。カメラのフラッシュや、テレビのスポットライトの交錯する中を、意気揚々と犯人をひき立てる姿、或いは、どこからうらぶれた倉庫から、衰弱した垣沼を毛布にくるみ、両脇を支えて救出する場面を想い描いていたのではなかったか。

目算と現実との間には、かくも大きな隔たりがあることを実感した。

「こうなった以上、あとは犯人を逮捕して金を取り戻すしかない。明日からの捜査に本腰を入れて、この汚名をすすがんといかん。これからが勝負や思うてみんな頑張ってくれ」

神谷は緩慢な動作で倒れた椅子を元に戻し、力尽きたように腰を下ろした。

垣沼の死を確認して部屋の空気は凍りついたまま。咳《せき》ばらいひとつ聞こえない。灰皿の中でくすぶるたばこを揉み消す者もいない。

痺《しび》れを切らしたのか、村橋が言った。

「どうしたんやみんな、お通夜みたいに黙りこくって……片付けないかんことは山ほどあるんやで。垣沼はんが亡くなったんは、そら気の毒やけど、死んでしもたもんはいまさらどうもしようがない。一日でも早よう犯人をパクることや。垣沼はんの遺体発見して、ちゃんと弔ってあげんといかん。金も取り戻さんといかん。こんなとこでボーッと残念会しとる暇ないんや。これからの捜査のためや。意見があったらどんどん出してくれ」

「よろしいか？」

元気よく手をあげたのはマメちゃんだった。「犯人の遺留品には有力なものが多数あると思います。まずひとつは看板に使われたアディダスのスポーツバッグ。犯人がこのバッグを手に入れたんは、垣沼さんを連れ去ったあとです。垣沼家に青のバッグがあると聞いて同じ型、同じ色の製品を用意したんです。ここ一両日の間にこのバッグ買《こ》うた人物を捜すべきです。それから、バッグの中に入ってた発泡スチロール、あれ、かなり有力な手掛かりになります。細こう刻んであったけど、元は何か大きなややこしい形してたはずです。その形、復元したら何を梱包《こんぽう》してたかすぐ分ります。梱包の対象物が都合のええことに洗濯機や冷蔵庫みたいな大物やったらしめたもんです。そんな重たいもん、提げて帰るわけにもいかん。当然届けてもらう。そのためには住所、名前を書く。犯人にしてみたら、名刺置いていったようなもんですわ。ま、そんなに理想的にはいかんやろけど、可能性はあります。もうひとつは現場を囲んでたオレンジ色のキャンバス。犯人、あれをどこから調達したか分らんけど、かなり特殊な用具やし、丹念に洗《あろ》うてみたらええ結果でるかも知れません。それに、あらかじめキャンバスをセットしてマンホールの蓋《ふた》開けてるところを誰かが見てるはずです。聞き込みする価値は充分にあります。ぼくの意見、これだけです」

「もうひとつある」

村橋が応じた。「ナイロンロープや。あれ、まだまっさらやさかい、つい最近どこかで買いよったに違いない。それに、太さ九ミリ、長さ五十メートルいうたら、物干ロープみたいに簡単には手に入れられん。わし思うに、あれは登山用品や。こいつもキャンバスに負けず劣らず特殊限定用品やさかい、ひょっとしたらひょっとする。あとひとつ、赤い三輪車があるんやけど、こいつはあかん。錆《さ》びてボロボロやし、前輪もない。どこぞのゴミ捨て場で拾《ひろ》うたもんやろ」

「そんな特殊な品、短期間のうちによう集めよったな。銀行に侵入したのがおとといの昼、金奪《と》りよったんが今日の午後三時四十五分頃。まる二日とちょっとです。その間にこれだけのもの準備しようと思うたら並大抵の苦労やおませんわ」

勝井が意見ともひとりごとともつかぬ口調で呟《つぶや》いた。

「いまごろ何を言うとるのや、君は」神谷がテーブルを叩いた。灰皿が跳ねる。

「何をて……短期間にあれだけの小道具集めたんやから、どこぞでボロ出してるはずやと思いまして……」

「いつ誰が短期間や言うた」

「そやかて……逆算しますと……」

神谷の口調が峻烈《しゅんれつ》であるだけに、勝井はおどおどしている。

「捜査一課の刑事がそんなことでは困る。手前勝手な判断したらあかんのや」

神谷はそこで言葉を切り、全員を見まわした。「さっき村さんが言うたやろ。稀《まれ》に見る計画的犯罪やと。……犯人の目的は二つあったんや。……いや、厳密にいうたらひとつかも知れん。第一の目的は銀行強盗。これは言うまでもない。第二の目的は身代金。犯人、何で垣沼さんを連れ去ったか……銀行から安全に逃走するための盾代わりやない。最初から身代金を奪るための人質やったんや。そうでなかったら足手まといになる負傷者をわざわざ車に押し込んだりはせん。……銀行内での状況、もう一回頭に描いてみい。犯人、最初は出納係《すいとう》を連れ出すつもりやったんやで。それを急に気が変わったように、垣沼さんに変更した。何で変更したか。……簡単や、垣沼さんの方が身代金引き出すには有利な材料やと判断したからや。

考えてもみい、銀行いうとこは、一円の金でも出し惜しみするくせに世間体だけはえらい気にしよる。自分とこの行員は、いわば身内や。身内に一億もの大金、すんなり出すとは考えられん。お客様からの預かりものです、とか何とか、大義名分振りかざしてぐずぐず言うに決まっとるんや。身内のことであればマスコミにも、そうひどくは叩かれんやろしな。銀行にとっては神様である客を人質にとるのがいちばんや。それも銀行のため思うて飛びかかって来た客を利用するのが最も効果的や。ま、瞬間的にそこまで読んだかどうかは疑わしいけど、結果的には犯人にとって有利な選択となったんや。ええか、もういっぺん言うで……犯人の主たる目的は、銀行強盗ではなく人質の誘拐。そう考えたら全てに納得がいく。今日の犯人の動きは、最初から計画して周到な準備を終えていればこその所業や。

わしらにも反省すべき点はある。金奪られるまで、犯人の目的が最初から身代金にあると考えてなかったことや。あくまでも強盗のついでに金を要求してきたと思い込んだことや。強盗打《タタキ》つような粗暴犯に、そんな巧みな芸当できるはずないと、どこかでタカくくっとったんが間違いのもとや。いま、こうして最悪の事態になって初めて眼が覚めた。類稀《たぐい》なる計画的犯罪……村さんもうまいこと言うたもんや。……そやけど、この計画的犯罪が完全犯罪と呼ばれるようになることは絶対に避けんといかん。

垣沼さん、ぼろぼろになって死んだ。犯人にとことん利用されて骨までしゃぶり尽くされた。最初は逃走するための防護壁として。次は身代金奪るための生贄《いけにえ》として。指を切り落とされ、耳をそがれ、ほんまに雑巾《ぞうきん》みたいに二度、三度のおつとめ果たして死んでしもた。……ええか、草の根分けても犯人ひっ捕まえるんやで。それが大阪府警の威信を取り戻す唯一の手段や」

最後は管理職らしい決まり文句で、神谷は長い演説を締め括《くく》った。

## 8

どうです、ちょっとはびっくりしたでしょ。銀行強盗があったすぐそのあと、裏では、こんなあわただしい動きがあったんですわ。

そら腕ききの記者連中のことや、最初の脅迫状が届いた頃には、私らのあわてふためきようを見て、何かあるとすぐに感づきよった。そやけど、新聞紙上に大きく、身代金のことを発表するわけにはいかん。人質の生命《いのち》にかかわりますがな。

例のごとく、報道関係者を招集して協力依頼。体《てい》のええ箝口令《かんこうれい》ですな。これは捜査一課長の骨折りでうまいこといきました。

あの当時の新聞、今度の大掃除の時でよろしい、畳の下にでも敷いてあるのが眼にとまったら、じっくり読んでみて下さい。〈垣沼さんはどこに〉、〈人質の発見は近いか〉、〈最大の謎、消えた逃走車――白のカローラを追え〉、見出しこそいろいろ工夫してあるけど、内容は同じことの繰り返し。もっともっとセンセーショナルなネタを持ってるのに発表できん記者のいらだちが、活字の裏にへばりついているようです。

そのせいもあるんやろけど、まんまと一億円奪られたあとの一週間は、文字どおり針のむしろ。それまでのうっぷん晴らしみたいに、私ら、よってたかってケチョンケチョンに叩《たた》かれたこと、みなさんよう知ってると思います。

〈初動捜査の誤りか、大阪府警、大失態〉、〈平謝り、刑事部長〉、〈無能集団、捜査一課〉そら、ひどいこと書かれましたわ。何も好き好んで一億円献上したわけでもないのに、かさにかかって責めよった。あれこそペンの暴力いうやつや。いま思い出してもむかむかします。

とりわけ、〈無能集団〉というの、カチンときましたわ。神谷の赤だるまや、村橋のカマキリは、確かにそのとおりやけど、私やマメちゃんまでいっしょくたに扱われたらたまらん。私ら、あくまでも歯車です。兵隊です。上官の命令どおり動いてただけですわ。給料が少ないように、権限も少ないんです。ちょっとは同情してもらわんと……。

しかし、どない抗弁したところで、所詮《しょせん》は引かれ者の小唄《こうた》、もうやめます。金を奪られたことに関してはもう何も言いません。

そやけど、そのあとのことは一言も、二言も言わせてもらいます。あの「魔の四月三日」以降、私ら、夜も寝ずに昼間寝て――ちょっと冗談がすぎました。――要するに、それくらい一所懸命、使命感に燃えて歩きまわっとったんです。

簡単に説明しときます。――その後の捜査には、大きく分けて五つの方針が立てられました。

一つ目は、遺留品捜査です。キャンバスやロープ、スポーツバッグはもちろんのこと、銀行で撃った拳銃の弾や、ゴム長の痕《あと》、犯人がかぶってた毛糸のマスク――この二つは写真しかなかったけど――どんな細かいもんでもないがしろにせんと、その出所をあたりました。

その二は、逃走車。捜索対象区域を大阪府下から近畿《きんき》全域に広げて、逃走車の発見に全力を注ぎました。あの当時、白のカローラに乗ってはった人は、警察に事情を聞かれたことあるかも知れません。

その三、犯人のアジト。垣沼さんをどこに監禁しとったんや知らんけど、大の男をそうそう長いこと隠しおおせるもんやない。犯人にしても、奪った金を舌なめずりしながら数える場所が要る。これも北大阪だけやのうて、対象を府下全域、兵庫県、京都府の一部まで広げました。それにしても犯人、札を数える時に臭かったやろと思います。ロープに括られて下水に長いこと浸《つか》ってたんやから。

その四、関係者及び目撃者の洗い直し。新大阪支店の行員を始めとして、ミューズの店内にいた客、サンロードの客、文化住宅から出て来た学生風の男女、カントリーのマスターとウェイトレス、電話ボックスに入ろうとした信用金庫の営業マン。アリバイから交友関係、金遣いに至るまで、とことん取調べました。特に松宮は、そらもうかわいそうなくらいしつこうやられてましたわ。白と判定されてからでも、やれ面割りや、モンタージュやで、アップルハウスのかおりちゃんとかいうウェイトレスといっしょに、夜遅うまで協力させられてました。

その五、これは四番目とも多少の関連はあるんやけど、例の赤いタオル……。犯人、銀行に侵入した時、首に巻いてましたやろ。あいつ、アップルハウスに現われた時も、コートの襟を立てて首筋隠しとったから、きっと何かあるいうわけで、首にアザやら傷《きず》痕《あと》のある前歴者をリストアップして、松宮やウェイトレスに見せたんはもちろんのこと、所轄の連中の協力も得て洩《も》れなく調べあげました。誤解してもろたら困るけど、私ら、首筋にばっかりこだわってたわけやない。犯歴からみて、この種の事件打《ヤ》ちそうな奴はみんな洗《あろ》うてみたし、犯行に拳銃が使われたこともあって、暴力団関係者は特に念入りに調査しました。

それともうひとつは、あの下水道。犯人は、マンホールの配置やら、下水処理場の機構をあんなにうまいこと利用しよったんやから、なんぞ関係のある者の仕業ということで、職員はもちろんのこと、パイプを設置した業者、補修、点検の業者、処理場の建設業者まで、それこそ尻《しり》の穴をのぞくように細こう調べました。

それから最後にいちばん肝腎《かんじん》なこと。そう、垣沼一郎さんのことです。あれからどうなったか……、私、几帳面《きちょうめん》な性格やから、あったことはみな書いとかんと寝覚めが悪いんです。

「腹減った。黒さん、ちょっと寄って行きましょうな。ずっと歩き詰めやし、もうくたくたや。ひと休みして、きつねでも食いましょ」

マメちゃんに腕をとられて、通りがかったうどん屋の暖簾《のれん》をくぐった。熱いおしぼりで首筋を拭《ふ》いたら、汗と脂がほこりといっしょくたになって茶色に染みついた。

「あれからもう十日。この調子で神戸や和歌山まわってたら、あと一ヵ月はかかりまっせ。それにしても、船具屋いうの、ようけあるんですなあ」

マメちゃんはおしぼりを顔にあてたまま、呆《ほう》けたように言った。

我々二人の役割は、ロープの出所を洗い出すことにある。売れない手品師のように、あのナイロンロープの切れ端を手に、毎日足を棒にしている。

最初、登山用品と目されていたロープは、製造元を突きとめて照会したところ、主として船用品であることが判明した。工事現場で材料の上げ降ろしに使われることもあるにはあるが、大半はモーターボートや小型漁船の係留に使用されているらしい。

また、都合の悪いことにこのロープ、かなりのベストセラー商品とみえて、製造量がやたらに多い上、製造期間も長く、ここ五年間、同じ仕様で作られている。近畿方面に出回っている九ミリ径のナイロンロープは、その半分以上がこのロープで占められているという有様だ。おおよその製造年は分ったものの、そんなこと、何の助けにもならない。

以上のようなわけで、私とマメちゃんは、もう十日間も大阪湾周辺地区に点在する船具屋を尋ね歩いている。日頃は縁がないだけに気にもとめなかったが、船具屋という商売、結構需要があるとみえて、大阪市内だけでも百軒以上あった。

それでも、毎日の積み重ねというのは有難いもので、歩き始めて十日目の今日、大阪府下は、あと四軒を残して全て調べ終ったことになる。一区切りついたのは確かだが、結局のところ、犯人らしき男にロープを売った船具商を尋ねあてることはできなかった。明日《あした》からは神戸、それでだめなら和歌山、それでも探りあてられなかったら琵琶湖《びわこ》周辺。気の遠くなるような距離をこの足で歩かねばならない。

「マメちゃん、今朝の新聞読んだか？　三協銀行、垣沼の奥さんに対して一億円の返済を免除する、いう発表してたなあ」

「そんなもん当然ですがな。垣沼さん、生きて帰る見込みないんやし、垣沼鉄工所が再開されることもない。つまり、返済能力がないということになります。鉄工所も自宅も、とっくの昔に抵当に入ってるそうやし、もう取るもんないと判断しよったからですわ」

「なるほど、そういうことやったんかいな」

「その代わり、取れる金にはしっかりと唾《つば》つけたそうでっせ」

アゲはそのままにして、うどんだけを啜《すす》り込みながら、マメちゃんはせわしなく喋《しゃべ》る。

「垣沼さんの保険金、一千万円ほどしかないそうやけど、こいつに眼をつけよったんですわ」

「死体が発見されんことには、保険金下りへんのと違うんか」

「そやから、保険金が下りた時は、全額を銀行に返済するという念書みたいなもんとりよったんですわ」

「死人にムチ打つようなことするんやな」

「死人にムチ打っといて、生き馬からは眼を抜く。それが銀行の本質ですがな。返済免除とかいう大向う受けするネタ発表してるその陰で、そんな小細工しとるんですわ」

「奥さん、承知したんか」

「承知するも何も……あの一億円はもうええから、代わりに保険金差し出せと言うたそうですわ。一千万いうたらそら大金やけど、一億円のうちの一千万でっせ。それくらいの金、ドブへ捨てた思うて、目つぶることできんのかいな」

「銀行にとっては、いわば金が商品や。商品を粗末にしたら商人道にもとるのと違うか」

「理屈はそうやろけど……もっと腹立つことありますねん」

「何や？」

「これは噂やけど、銀行、奥さんの許《もと》に集まった見舞金や義捐金《ぎえんきん》にまで眼をつけてるそうですわ」

「そらひどいな」

「さすがに、この金にまではよう手を付けへんけど、半ば強制的に預金させてるそうです。……だいたい新聞社も新聞社や、こんな話こそ大々的に報道したらええものを、そうしよらん。いったい、日本の社会機構いうのはどないなっとるんや」

マメちゃんは声を荒らげた拍子に、最後まで楽しみにとっておいたアゲをポトリとテーブルに落とした。

「くそっ、日本の社会機構のおかげで、きつねが素うどんになってしもた」

「そんな怒りないな。……わしのアゲ食うか」

そう言い終るのも待たずに、マメちゃんは私が半分ほどちぎって残しておいたアゲをヒョイとつまんで自分の鉢に入れた。

「さっきの保険金の話がほんまやったら、垣沼さんの死体、発見してもせいがないいなあ」

「葬式するのに困りますがな」

「あんなもん、単なる儀式に過ぎん。いっそのこと、見つからん方がええかも知れん。考えてもみい、犯行から十日も経っとるんやで……死体、腐っとる。奥さん、夫の無惨な死にざま見るより、きれいな思い出を抱いて生きて行きたいがな」

仕事柄、死者の身元確認には何度か立ち会ったことがある。遺体が新しく損傷も軽い場合はまだいい。遺体の胸にすがって泣き崩れる肉親もいる。それが、轢死《れきし》体や焼死体、まして腐乱死体であったりすると、とんでもない修羅場に出くわすこともある。一度なぞ、腐乱死体に対面した途端、つい堪《こら》えきれず、その死体の顔にゲーッとやってしまったのを見た。遺族にとってこれ以上の悲劇はない。

「一億円の返済、免除されたんや。いまさら垣沼さんの死体なんぞ発見したところで、奥さんには何のメリットもない。な、マメちゃんもそう思うやろ」

「かも知れませんなあ。……金返さんでええのなら、奥さんとしても少しは気が楽や」

「金も取り戻さんでええがな。取り戻したところで銀行が喜ぶだけや」

「あっ……」

マメちゃんは口に入れかけたアゲを今度は鉢の中に落とした。しずくがはねる。

「黒さん……」

と、話しかける表情が硬い。「その一億円やけど……奥さん、最初から返済する気がなかったとは考えられませんか」

「うん……？」

「いま、黒さんに言われてフッと思い当ったんやけど……」

マメちゃんはそこで言葉を切り、目を閉じて上を向いた。「いや、やっぱり考えすぎや、そんなことあらへん」と、自分の発言を打ち消す。

「どないした。言いたいことがあったら最後まで言うてみい……気持ちの悪い」

「すんません、もうええのです。ちょっと突飛なこと考えついたもんやから。……さ、行きましょ。あと四軒です。それで、大阪府の分は終ります」

マメちゃんは元の快活な表情を作って立ち上った。


大阪府の南端、岬町《みさきちょう》から、南海《なんかい》電車、地下鉄、阪急電車と乗り継いで、北淀川署の捜査本部に帰り着いた頃には、日もとっぷりと暮れて小雨模様となっていた。熱い茶とストーブを楽しみに部屋の扉を押したが、中に入った途端、寒々として、どこかしら空虚な雰囲気を感じとった。いつもならその日の仕事を終えた捜査員が、報告を済ませて帰途につく前の短い時間を、茶と甘いものをさかなに無駄話でつぶしているのだが……。

「カッちゃん、何ぞあったんか」

入口近くの机に向って報告書をまとめている勝井に訊《き》いた。勝井は顔をあげると、その質問を予期していたかのように間髪を容《い》れず答えた。

「垣沼さんの死体、見つかったんです」

「どこで？」

「箕面《みのお》の山奥ですわ」

「いつ？」

「午後二時。ハイカーが発見しました」

私は舌打ちした。二時といえば、あの甘すぎるきつねうどんを食っていた時だ。

「どんな具合やった？」

「箕面の滝からちょっと登ったハイキングコース脇の雑木林に埋められてました。手が地中からはみ出てたそうです。ハイカーが発見して一一〇番しました。おかしなことに、電話の主は名前を明らかにしてません」

「あとで事情聴取されるのが嫌やったんやろ」

「何で垣沼さんの死体やと分った？」マメちゃんが口をはさむ。

「着衣はぎとられた裸の死体やったけど、左の小指と右の耳がないんです」

「それだけでは判定できんやないか。野犬が食いちぎったんかも知れん」

保険金云々《うんぬん》が頭にあるだけに、容易なことでは死体が垣沼であると認めたくないらしい。

「指紋の照合も終ったんや」

部屋の奥で我々のやりとりを聞いていた池田が言った。

「いま、阪大の法医学教室で解剖してもろてる。村長さん、奥さん連れて確認しに行ってはる。夜中には解剖所見の発表がある予定や。まだ帰ったらあかんで」

今日もまた遅くなる。私は傍らの椅子にどっかりと坐《すわ》り込んだ。

午後十一時、神谷と村橋が帰り着いた頃には、遠く他府県まで遺留品捜査に出ていた捜査員にも連絡がついて、強盗班の主要メンバーは全員、部屋に揃っていた。神谷はイタリア製アタッシェケースをいったんテーブルの上に置き、中から紙の束を取り出した。十枚ほどの紙に、細かい字がぎっしり詰まっている。

「鑑定書や。無理言うて今日書いてもろた。村さんに発表してもらう」

と言って、鑑定書を隣に坐った村橋の前に押しやった。村橋はずり落ちた眼鏡を指で押し上げてから、それを手にとった。

「発表する。『鑑定主文、一、死亡時刻の推定——四月一日午前から四月三日午前の間』」

捜査員の間から、一瞬どよめきがあがった。鑑識が判定していたとおり、垣沼は四月三日午前十時の電話のあとすぐに死んだことが分った。

「まあ待て、最後まで読んでしまうから、そのまま聞いてくれ。『二、死亡原因――頭部盲管銃創による失血死。三、死体の外見及び状況――左手第五指、第二関節より先端部欠損、右耳介欠損。右後頭部に軽度挫創《ざそう》。四、血液型――A型。付記、死体より欠損したる左手第五指及び右耳介については、府警本部鑑識課に保存されたるものと切り口等一致し、明らかに同人より切り取られたと確定する』……これだけでええやろ。あとは検案経過と説明が書いてあるだけや。指紋は鑑識で照合したけど、垣沼はんのと完全に一致する。それと、死体から取り出された弾も、同じ拳銃から発射されたものと判明した」

「頭を撃たれて死なはったんですか」

「そや、頭や。一発は左眼から入った。頭蓋骨《ずがいこつ》に沿うて下におりて首の骨に刺さった。二発目の弾は、右のこめかみから入って左の下顎《したあご》までとどいた。至近距離から顔狙《ねろ》うて一発。倒れたあと、こめかみに拳銃あててまた一発。射入口が破裂して髪の毛が焦げてたそうや。虫でも殺すみたいに平気な顔してやりよったんやろ。もっとひどいことがある……。腹の傷、何の手当てもしてへんし、胃の中もからっぽやった。弾は肝臓抜けて小腸で止まってたんやけど、腹の中に鉄の塊抱えたまま飲まず食わずでまる二日も放ったらかしにされてたんや。まだあるで……左手の小指や。垣沼はんのシャツ切り取って指にあててから、ナイロンテープでグルグル巻いただけ。くすりもつけとらん。まだあるんや――」

村橋の悲憤慷慨《こうがい》ぶりを見ていると、街頭演説を連想する。大仰な身ぶり手ぶりを交えて、さも自分だけが正義の味方であるかの如く、他人の迷惑顧みず、騒音をまき散らす。仕事に熱中するのは大いに結構だが、我々の貴重な時間まで独占されるのは困る。

また始まったで――そんな表情で私はマメちゃんを見た。それを受けたマメちゃん、メモ帳に何やら書いて、私の方に放って寄越《よこ》した。達者な字が並んでいる。

〈これ終ったらラーメン食いに行きましょ。相談したいことがあります〉

午前零時、帰ることを諦《あきら》めた私はマメちゃんにOKの合図を送った。


ラーメン屋から深夜営業の喫茶店へ流れた。まずいコーヒーに砂糖を足しながら、

「相談いうの何や、えらい難しい顔して……転職でもするんか」

「そんな大それた相談やおません。ぼくの考えを聞いて欲しいだけです」

「何の？」

「この事件についての、ですがな。ぼく、やっぱり気になるんですわ」

「昼間、岬町のうどん屋で言いかけたことやな。何ぼでも聞いたるで……今日はどうせ帰られへんのやし」

「笑《わろ》うたらあきませんで」

「笑うたりするかい」

「絶対、笑わんといて下さいよ」

えらく予防線を張る。よほど突飛なことを言おうとしているようだ。

「あの時、黒さんに言われて思い当ったんやけど……垣沼さんの奥さん、ひょっとしたらひょっとしまっせ」

「どういうことや」

「元々、支払い能力も返済能力もない垣沼家に一億円もの大金を要求した犯人の狙いは何です？……捜査方針を狂わせるためやと、ぼくは考えたいんですわ。脅迫の対象が銀行や警察でなく、垣沼家であったことが我々の読みを誤らせたんです」

「……？」マメちゃんの言わんとすることが理解できない。

「つまりですな、垣沼一郎、庸子、オオガキの三人、最初からツルんでたと考えてみるんですわ……」

マメちゃんの推理は、私の思考範囲をはるかに超えていた。

——垣沼鉄工所は倒産の危機に瀕《ひん》していた。何としてでもまとまった金を手に入れたい垣沼一郎は銀行強盗を決意した。銀行を襲うにあたって、垣沼にはひとつのアイデアがあった。

昭和五十四年一月の三菱銀行猟銃強盗人質事件がまだ記憶に新しい。あの事件の場合、犯人が猟銃を突きつけたにもかかわらず、行員は容易に金を出そうとしなかった。のみならず、警察に通報しようとした。ところが、一人目の犠牲者が出るや、状況は一変した。誰も抵抗はしない。金も要求するままに渡される。……眼の前で人が撃たれる場面を作れば、短時間で金が奪えると垣沼は考えた。そこでオオガキに話を持ちかけた。（おまえが銀行に押し入ったら、わしがとびかかる。手か足を撃ってくれ。そないしたら脅しにも迫力が増すし、わしも名誉ある負傷者として、その後の融資依頼に色良い返事がもらえる。怪我しとるんやから共犯やと疑われることもない。銀行から見舞金ももらえる……）

実際、一石二鳥にも三鳥にもなるはずの名案ではあったが、垣沼のもくろみは大きく外れることとなった。垣沼は妻の庸子に裏切られたのである。

おそらく、庸子とオオガキは深い仲にあったはずだ。二人の狙いは垣沼の計画のはるか埒外《らちがい》にあった。この際、垣沼を消し、なおかつ多額の身代金を奪取しよう、との相談がまとまった。

事件当日、予定どおり垣沼はオオガキにとびかかった。予想に反して垣沼は腹を撃たれた。茫然《ぼうぜん》自失の体で垣沼は車に押し込められた――。

「ということですわ。どうです、これで垣沼が簡単に連れ去られたことに明快な説明がつきまっしゃろ。……やっぱり、大の男が抵抗もせずに拉致《らち》されるいうのはおかしいですがな」

「そう言われたら、確かにようできた推理やとは思うけど……」

たばこをふかしながらマメちゃんの説を反芻《はんすう》する。「わし、やっぱり賛成できん。マメちゃんの説、考えすぎや。庸子とオオガキができてたいうのが気に入らん。庸子はそんな尻軽《しりがる》には見えん。その上、垣沼が二人に強盗を持ちかけるいうのでは都合が良すぎる。話を作りすぎたら現実離れする。……それに、垣沼が共犯であったと、どないして証明するつもりや。何にせよ、証拠というもんが要るんやで」

「証拠は……あります」

「どこに」

「桜井町。垣沼鉄工所第二工場です」

「どんな証拠や」

「逃走用に使《つこ》うたカローラです」

「何やて！」けむりにむせた。

「カローラ、これだけ探してるのに、何で発見されへんのですか。あんな大きなもん、どこに隠すんです。強盗事件の三十分後には緊急配備も完了しとったんでっせ。そうそう遠くへは逃げられません。垣沼が共犯であると考えたら、この答えは簡単に出ます。カローラは第二工場にあるはずです」

東淀区桜井町の工場は事件の半年前から稼動していないと聞いている。現在は閉鎖中だ。

「あの工場、まだ捜索を受けてません。そらそうですやろ、被害者の工場に逃走車が隠してあるやて誰が考えます。工場の鍵《かぎ》は垣沼家にあるし、庸子の心痛を思えば第二工場を捜索するような無神経なことできませんわ」

「よっしゃ、分った。ここでうだうだ言うとってもしゃあない。明日《あした》、朝一番にでも桜井町へ行ってみよ」

「そらあきません。さっき言うたように、鍵は庸子が持っとるんです。鍵を借りに行ったりしたら余計な警戒心を与えます」

「ほな、どないするんや。マメちゃんの説、証明するのやめるんか」

「いまから行くんですがな。そのために、夜中になるのを待ってたんです」

マメちゃんは上着のポケットから梱包《こんぽう》用テープと小型の懐中電灯を出し、テーブルの上に置いた。


十五分後、私とマメちゃんは東淀区桜井町にいた。午前二時、しのつく雨を街灯が淡く、白く照らし出す。附近に人影はない。

垣沼鉄工所第二工場はバス通りから一筋入った幅五メートルほどの道路に面していた。軽量鉄骨スレート葺《ぶ》きの二階建、第一工場より少し大きい。シャッターが下りている。

マメちゃんが右隅にある通用口の扉を押した。もちろん開きはしない。

細い路地に沿って建物の右横へまわる。窓らしきものはない。

裏へまわった。ここにも通用口、施錠されている。その横にすりガラスの窓があった。トイレのようだ。

「しゃあない。ここから入りましょ」マメちゃんが耳許《みみもと》で囁《ささや》く。

「どないして？」

「ガラス割るんです」

隣の工場とは高いブロック塀で遮断されているから忍び込むには好都合だ。

「刑事が泥棒の真似してどないする。手がうしろにまわるで」

「その、手をうしろにまわすんがぼくらの仕事ですがな」

分ったような分らぬようなことをマメちゃんは言う。遵法精神など持ちあわせていない。

マメちゃんはテープを窓に貼った。ハンカチを手に巻いてコツンコツンと叩《たた》くが、ガラスは割れない。

「まどろっこしいな、わしがやったる」

傘の先で突くと、一面に亀裂《きれつ》が走った。

「あーあ、やってしもた。ガラス割ったん、黒さんでっせ。ぼくは見てただけ」

とは何たる言い草。

割れたガラスを取り除き、手を差し込んで錠を外す。窓を開けて侵入した。懐中電灯の丸い光の中に、第一工場で見たのと同じような大型工作機械が浮かび上る。機械の数はそう多くない。配置に余裕があるから通路も広い。足許に注意しながら表のシャッターを目指して歩く。カローラの白い車体を期待して懐中電灯を振りまわすが、そんなものは影も形もない。

シャッターのすぐ内側にブロックで囲った二メートル四方の危険物貯蔵庫があり、その横が十坪ほどの空きスペースになっていた。カローラを隠すとすれば、そこが物理的に唯一駐車可能な場所となるはずだが、ただガランとした空間が広がっているだけ。

「おかしい、こんなはずあらへん」

マメちゃんは私の持つ懐中電灯をひったくってあたりを歩きまわる。私はぼんやりたばこをふかして待った。たかだか五十坪ほどの工場内、どう探したところでカローラが見つかるはずもない。

マメちゃんが戻ってきた。

「残念やったな。やっぱり垣沼夫婦は純然たる被害者なんやで」

「それはない。とにかく庸子とオオガキは共犯です」

「カローラ、なかったがな」

「そら、たまには読み違いもあります」

いい、たまにはというのが気に入らない。

「眠たい、わし帰るで。つきあいきれん」

「仕方おません。今日のとこは帰りましょ。けど、ぼく、あきらめませんで。庸子とオオガキ、いつかは必ず接触するはずです。その現場、絶対に押さえたる」

「独断専行はあかんで」

マメちゃんの暴走が怖い。日頃は怠慢な仕事ぶりのくせして、思い込んだら命がけ、なりふり構わず走る性癖がある。いつもとばっちりを食うのはこの私。こんな夜中に空巣まがいの所業に及んだのがいい例だ。

「明日、村長にぼくの考え言うてみます。説得する自信ありますわ」

まだまだものの見方が甘い。あのカマキリが容易に動くわけがない。

私は胡乱《うろん》な眼でマメちゃんを見ていた。

まだ眠気を残した顔で捜査本部に現われた捜査員は、簡単な打ち合わせを済ませると、二人一組になって部屋を出て行く。午前九時、いつも変わらぬ朝の情景だ。マメちゃんと私は、村橋のデスクの前に立っている。

「――ほう、なかなかおもろい話やないか。たいした想像力や。刑事にしておくのはもったいない」

村橋はマメちゃんの説明を聞き終えて、言った。

「そやし、これからは垣沼庸子に二十四時間の張りをつけるべきやと、ぼくは思うんですわ」

「成算は?」

「あります」

「証拠は?」

「……ありません」

「そらあかん。単なる思いつきで捜査を進めることはできん」

「ただの思いつきやおません。ぼくの考えでは、犯行後二、三日は桜井町の第二工場に逃走車があったはずです。その辺を洗《あろ》うてみたらおもしろい結果が出るはずです」

今朝はカローラを発見できなかったが、それは捜索が遅れたためだとマメちゃんは主張するのである。もちろん、トイレから侵入したなどとは村橋に言っていない。

「えらい今日はくどいやないか……しゃあない、ええもん見せたる」

眉根《まゆね》を寄せてそう言うと、村橋はうしろを向き、ファイリングケースからうす茶の書類袋を取り出した。中から数枚の紙を抜く。

「これ、よう読んでみい。東淀署からまわって来た」

手にとってみると、東淀区一帯の捜索結果を記した報告書だった。捜索場所、日付、時刻、捜索員の名前、等が一覧表になって並んでいる。

桜井町の欄を目で追う。あった……〈垣沼鉄工所第二工場、四月四日午前九時、×〉と書いてある。

「どうや、第二工場も例外なく捜索対象になっとるんや。結果は見てのとおり。これで気が済んだやろ」

「ほんまですなあ……」マメちゃんが首をひねる。

「垣沼の奥さんに不審な点はない。分ったら、おはないしはやめにして、自分の仕事にかかれ」

「けど係長……ぼく、どうしても納得できんのですわ。さっきも言うたように……」

「もうええ」

村橋はマメちゃんの言葉を大声で遮った。「そこまで言い張るんなら許可したる。ただし、援軍は出さんぞ。黒マメだけでやれ」

「そんな……」

応援要員がないということは張込みを断念せよというに等しい。一日二十四時間を、それも何日に渉《わた》るか予想もつかない張込みをたった二人でできるわけがない。最低限四人は必要だ。張込みの基地も要る。車も要る。それに第一、私には張込みなんかする意志はない。

「空理空論のためにただでさえ少ない人員を割くわけにはいかん。さ、早《は》よう行け、今日からは神戸の船具屋やろ」

村橋は横を向き、手を邪険に振った。予想どおりの反応だった。

「こんな時、下っ端の悲哀いうの、つくづく感じますわ。何ぼ正論を吐いたかて報われることがない」

北淀川署を出て阪急の駅へ行く道すがら、マメちゃんは力なく言う。「そら、与えられた材料をこつこつ洗うことで結論を導き出すのが捜査の本道かも知れんけど、あらかじめ仮説を用意しておいて、それを立証するのもひとつの捜査方法ですがな」

「そういう考え方が自白偏重主義となり、数々の冤罪《えんざい》事件を生む……警察学校で習《なろ》うたやろ」

「それとこれとは別、ぼくは確固たる信念に基づいて意見を述べてるんです」

「信念……か」もう口にしなくなって久しい言葉だ。

「黒さん……」

マメちゃんは立ち止まった。「半月、いや十日間だけ、ぼくの好きにさせて下さい」

「やっぱり諦《あきら》めきれへんのか……よっしゃ、やりたいようにやってみい。ロープの洗い出し、わしひとりでもできんことないやろ」

「ほんまですか」マメちゃんが顔中で笑う。

「毎日六時、そうやな、ここで会うことにしよか。本部へは二人一緒に帰らんとまずいやろ」

ちょうど真前にある古びた喫茶店をさした。小さなサンプルケースの中に、うっすらほこりをかぶったカレーライスとスパゲティーがある。簡単な腹ごしらえもできそうだ。

「おおきに、すんません」

マメちゃんは上着のポケットからロープの切れ端を取り出し、私に手渡すと、喜び勇んで駆け出した。

その姿を見遣《みや》りながら、「無駄な努力を……」

と、呟《つぶや》いてみたが、ひょっとしたらという思いも心底にはあった。

——最初の意気込みどおり、マメちゃんの垣沼庸子監視は執拗《しつよう》を極めた。私がロープを手に、神戸、和歌山を歩いている間、マメちゃんは東淀区中新庄へ日参した。自分の軽自動車を道路の曲がり角に駐《と》めて、日がな一日、垣沼鉄工所を眺めやるのだ。六時過ぎ、私と一緒に捜査本部へ帰ってからも、時間を都合しては張込みに出かけて行った。憑《つ》かれたようなマメちゃんの精勤ぶりに押されて、私も三回や四回はつきあった。

庸子に不審な動きはなかった。次々と訪れる新聞や雑誌の記者、銀行関係者、親戚《しんせき》、知人、はては新興宗教の勧誘員に至るまで雑多な来客の応対に追われて、外出もままならないようだった。もっとも二十四時間の張込みをしたわけではないから確たることは言えないが……。

そして二週間、さすがのマメちゃんにも目立って疲れが見えてきた。マメちゃんの言う、下っ端の悲哀を如実に感じさせる憔悴《しょうすい》ぶりであった。マメちゃんは張込みをやめた。

三カ月後、庸子は鉄工所をたたんで実家へ帰った。愛媛県今治《いまばり》、別れの挨拶《あいさつ》を済ませ、幼い絢子の手を引いて去るうしろ姿が近所の人の涙を誘ったと聞く。

オオガキはまだ捕まらない。

9

あれから丸々三年ちょっと、私にとってとりわけ印象の深い事件やったから、まだ昨日のことのように思い出されます。『三協銀行強盗誘拐殺人事件』――偉い人の戒名みたいに長ったらしい名称やけど、こう呼ばんことには感じが出ません――こいつ、とどのつまり迷宮入りになってしもたんです。正式には継続捜査ということになってますけど、体のええ敗北宣言です。専従捜査員、まだ何人かは置いてますけど、事実上捜査本部は解散。世間をあれだけ瞠目《どうもく》させた事件にしては、何ともしまりのない結末となりました。

前に五つの捜査方針が立てられたと言いましたけど、あれ、ことごとくデッドロックにのりあげたんです。そのええ例が、私とマメちゃんの手がけてた、――もっとも、その殆《ほとん》どは私ひとりでやったんやけど――ロープの追跡捜査。製造元と問屋からもろたリストをもとにして近畿一円の船具商は全部あたってみました。地元の警察にも色々と協力してもろたけど、結果的に何の収穫もなし。船具屋がロープ買《こ》うた客覚えてへんのやからしょうがない。ただロープの切れ端持って行って「これ買うた客教えてくれ」では答えろいう方が無茶ですわ。そんなこんなで、私とマメちゃんの努力は水の泡。

アディダスのスポーツバッグを売った店は分りました。千里ニュータウン内のスポーツ用品店です。犯人現われたん、四月二日の午前十一時過ぎでした。十時五十分、伊藤酒店で最初の脅迫状が見つかったことから考えて、犯人、自販機に封筒を貼りつけたその足で、スポーツ用品店へ行ったと思われます。

コートの襟立てて、マスクして……そう、アップルハウスで見せたのと同じ服装やったそうです。分ったことはそれだけ。捜査の足しにはなってません。

ついでに、マンホール囲んでたキャンバスのこと、言うときましょ。あれ、池田と鈴木が担当したんやけど、盗品と分っただけ。事件のひと月ほど前に、豊中の工事現場から持ち去られたんですわ。

もうひとつおまけは、発泡スチロール。復元してみると、マメちゃんの言うてたように冷蔵庫の梱包《こんぽう》部品やいうことが判明しました。一時は、すわっと色めき立ったけど、出どころは分らずじまい。犯人がどこからか拾てきたもんやろということになりました。

そんな具合に、遺留品捜査は全部アウト。あとの四つについては言わずもがな……きれいさっぱりしたもんです。

それを、何でいまさら、と思いはるのは当然です。

私が十日間も眠い眼をこすりながら、この長ったらしい後日談を書き継いできた理由。安息を求めるべきプライベートな時間を、机に向うことでつぶしてきた理由。

それは、電話があったからです。……相手は真犯人。

十日前の午後十時、風呂《ふろ》から上って、注いだビールの泡をなめた、ちょうどその時でしたわ。

「もしもし、黒田さん？　捜査一課の黒田さん？」

「はあ、黒田です……捜査一課抜けてから、もう一年になりまっせ」

「それはそれは……ご栄転おめでとうございます」

声に聞き覚えはないが、私と同年輩であろうと察しをつける。それにしても人を食った奴だ。

「いったい、あんた誰です、何の用や」

「まあ、そんなに急《せ》きなはんな、夜は長いんやから」

馴《な》れ馴れしい口調が、私の不快感を高める。

「もう切るぞ」

「そんなことしたらせっかくの機会、ふいにしますよ」

「タレコミか」

「そんなとこかな」

「みかえりは？」

「そんなもんいりますかいな、いまから死ぬ人間に……」

「誰が死ぬんや」

「この私」

「何で？」

「つまらんこと訊《き》きなはんな。もう生きることに疲れたからに決まってる」

どうもこの男、自殺志願らしいが、死ぬ前に電話をかけるような輩《やから》に限って、ほんとに死んだためしがない。

「これから死のうというあんたが、何でわしに電話かけるんや、ややこしいことせんと一一〇番にかけたらええがな」

「逆探知されるから、死なれへん」

もっともなご意見である。

「わしの家の電話番号、誰に聞いた？」

「番号調べで訊いたんです。黒田憲造さん、茨木市梅山台《うめやまだい》三丁目、プラムマンション内……、どうです、よう知ってまっしゃろ」

私の住所まで調べているとは油断がならない。

「電話の相手にわしを選んだ理由は？」

「あんたがいちばん話が分りやすそうやと聞いたからですわ」

「誰から」

「誰からでもよろしい、それを言うたら、私が誰であるか分ってしまう」

「いまから死ぬんやろ、名前くらい言うたらどないや」

「言わせるか、言わせへんかは、黒田さん次第です」

実に失礼極まりない奴だ。自殺云々《うんぬん》を聞いていなかったら、とっくに受話器を置いている。

「私、あの事件の犯人ですねん」

「どの事件や？」

「垣沼一郎誘拐殺人事件」

「何やて⁉」

「そう、私です。私がやったんですわ」

「あれはもう、お宮入りになっとんやぞ。それを何で……」

「ようありますやないか、死ぬ前の異常心理とかいうやつ。私、このことを誰かに言うてから死にたいんですわ。そうですやろ……史上稀《まれ》にみる完全犯罪を成功させておきながら、誰にも認められずに死んでしまう、こんなあほなことありますかいな。この日本にも、私という類稀《たぐい》な知能犯がいたという証明が欲しいんです。私が精魂込めて作り上げたシナリオを、どういう具合に演出したかを、最後に伝えておきたい。……いわば、遺言みたいなもんですわ」

男の声が徐々に低くなって、真実味を帯びてきた。最初の、私をからかうような調子が消えている。

「あんたのいうこと、嘘かほんまか分らんけど、聞いてみるだけの価値はありそうやな……詳しく言うてみい」私は身を乗り出した。

「まず、銀行強盗から説明しましょ。あれ実は、狂言やったんです。最初から、垣沼が私にとびつく段取りになってた」

「やっぱり、そうか……」三年前、マメちゃんが主張していたことを思い出す。

「私らの目的は、他人に危害を加えずに、金だけ奪《と》ることにあった。そのためには、拳銃が本物であることを、銀行にいる全員に早《は》よう知らしめる必要がある。オモチャやと誤解されたら、警備員なんぞがとびかかってくるかも知れん。そやから、押し入ってすぐ、天井に向けて拳銃を二発撃った。それで、みんなの恐怖心をあおる。さらに今度は、垣沼を撃つ。眼の前で人が撃たれ、血がだらだら流れるとこ見たら、もう誰にも抵抗しようという意志がなくなる。それが狙いでした」

「垣沼は共犯やな」

「そういうことになります」

「何で共犯を撃った」

「撃ってませんがな……撃つふりしただけです」

意外なことを言う。

「嘘つくな。垣沼の腹からは、弾が摘出されたんやぞ」

「あの時点では、弾は入ってへん。三発目だけはただの空砲でした。あの場面、思い出してみなはれ。拳銃が火を噴くとこ、誰が見ました？」

「そう言われたらそうや……」

「拳銃の発射音のあと、人が倒れて床に血が広がった……誰が見ても撃たれたと思う」

「血は？」

「垣沼が事件の二十分くらい前に、自分の腕から注射器で抜いたのをビニール袋につめてたんですわ」

「なるほど」

「そやけど、あれ、タイミング計るのにえらい苦労しましたで。あんまり長い間揉《も》み合いしてたら、他の奴まで飛びかかってくるおそれがある。そやけど、すぐ撃つのも芝居じみてる。難しいもんや」

「幸い……いや不幸にも、予定どおりいったんやな」

「あいつが失敗せんかと、ヒヤヒヤしましたで」

「そうか、それで垣沼は抵抗もせずにおまえに連れ去られたんやな」

少なくともあの時点でオオガキの裏切りはなかったのだ。

「……で、どこへ逃げた」

「東淀区桜井町」

「くそっ、垣沼鉄工所の第二工場やないか」

男の告白が次々とマメちゃんの推論を裏付ける。本星であることを私は確信した。

「そのあと、車、どこへ持って行った？　あんな大きなもん、いつまでも工場に置いとかれへんやろ」

「そやから処分しましたがな」

「……処分？」

「二人がかりで解体しましたんや。あそこは鉄工所やさかい、道具はようけある。ボディーとシャシーはアセチレンバーナーでバラバラにした。シートは切り刻む、ウインドーガラスは粉々に砕く。エンジンだけはどないもしようがないから、エンジン番号削って捨てましたわ」

「どこに？」

「豊中のスクラップ屋。解体車のエンジンを山ほど積んでるし、あそこに置いとったら何の不自然さもない。資源再利用に協力させてもろたんです。あとの小物はぼちぼち、ちょっとずつ海に捨てましたわ」

「解体するのに音が出るやないか」

「あんた、何も知らへんのやな。第二工場見てへんのかいな」

「ちゃんと見た。抜かりはない」不法侵入云々は言わない。

「アセチレンボンベいうのは危険物貯蔵庫建てて、そこに置いとかんとあかんのでっせ。コンクリートのブロック、何枚も積んで頑丈に作っとかんと、役所の許可が下りへんのですわ」

「すると……」

「そう、バーナーだけやったら音せんさかい、大きな部分に切り分けといて、残りを貯蔵庫の中で分解したんや。事件から三、四日経って巡査が工場調べにきたけど、せまい貯蔵庫の中に車が詰まってるとは思いもよらんかったやろ。私、その時、工場の二階から様子を見てたんですわ」

事件後、我々は白のカローラを追っていた。スクラップを探すことなど思いもよらない。

「そう言や、十日ほど経ってからも刑事らしい二人連れが来ましたで。夜の二時頃、裏のトイレから泥棒猫みたいに忍び込んできよった。あれ、ほんまの泥棒やったらえらいことや。当然、二階まで上って来る。わし、階段の上り口で拳銃構えてましたがな。……あの泥棒猫、黒田さんと違いますんか。第二工場を見たと言うんやったら、あんたしか……」

「やかましい。要らん詮索《せんさく》せんでもええ」

私は男の饒舌《じょうぜつ》を遮った。気分が悪い。

——あの時、二階を調べなかったことをどう評すればいいのだろう。眼と鼻の先まで迫りながら、男を逮捕できなかったことを悔やむべきなのか、撃たれなかったことを喜ぶべきなのか。

「おまえ、車の段取りどないした……違うがな、カローラのことやない。スクラップ捨てに行ったり、下水処理場からバッグ持って帰ったりするのに車が要るやろ。どこで都合つけた」

「あれは第二工場の軽トラック使《つこ》うたんですわ。工場附近の路上に駐《と》めといて、私だけが裏から出入りした。もちろん、軽トラックには鉄工所の名前なんぞ書いてません」

「拳銃はどこから手に入れた」

「垣沼が作りよったんです。モデルガンの弾倉と銃身だけとりかえたら、案外簡単にできましたわ」

「弾は作ることできへんぞ」

「垣沼がフィリピンで手に入れたんですわ。射撃場で弾ちょろまかすくらい造作もない。空港でX線検査されるけど、弾の十発や二十発どうとでもなる。あの時は電池の中に詰めたんやけど……」

「えらい詳しいやないか、ほんまはおまえがフィリピンに行ったんやろ」

「そんなこと、どうでもよろし」

そうそう簡単には、しっぽを摑《つか》ませない。

「それだけ協力した垣沼を、何でオモチャにしたんや」

「小指を切りとるためです。脅迫状が本物であるとみなしてもらうためには不可欠のもんや。かがみ込んでドアの内張を外してる垣沼の首筋狙《ねろ》うて、うしろからバールで殴った。昏倒《こんとう》したのを、身動きできんようにグルグル巻きにし、サルグツワをかませてから小指を切りとった。ウーンと唸《うな》ったけど気絶したままやった。それから腹撃ったんですわ。これにはえらい苦労しました。銀行で弾が発見されてないということは、垣沼の体内に弾が残っている必要がある。弾が貫通してしもたらどないもならん。クッションや座ぶとんを何枚か重ねた上から骨盤狙うて撃ったら、うまいこといきました。もっとも、貫通したところで、何発か撃ってみたら一発くらいは体内に残ったやろけど」

「それ、いったい、いつのことや？」

「強盗に入った日の夜やから、四月一日の深夜か、四月二日の未明ということになりますやろ」

「垣沼、死なんかったんか？」

「さすがに痛かったんやろ、気絶から覚めてイモムシみたいにしばらく動いてたけど、死にはせんかった。人間いうのは丈夫なもんでっせ」

平然と言ってのけるあたり、やはりあれだけの事件を打てる図太さがある。

「それからどないした」

「夜が明けてから、小指を脅迫状といっしょに封筒に入れて、電車で千里ニュータウンまで行きました。自動販売機の横に封筒貼りつけてからのことは、あんた、知ってますやろ」

「腹撃たれて苦しんでる垣沼を放ったらかしにして、外をうろついとったんか」

「そういうことになります」

「ちょっとはかわいそうやと思わんかったんか」

「私もそう思うたから、引導を渡してやった」

「どういうふうに」

「あの晩、外から帰ってきたら、垣沼、まだうんうん苦しんでた。もうしおどきやと考えて、顔狙うて一発。念のためこめかみに拳銃あててもう一発。苦しみから解放してやった」

ここで私は根本的な疑問点に気付いた。確認のため、もう一度訊《き》く。

「垣沼は腹を撃たれてから二十四時間近くも苦しんでたんか」

「そうですわ」

その言質を得てから、私は追及を始めた。

「おまえ、いったい何者や、だまって聞いてたら、嘘ばっかり言うとるやないか」

「嘘て……いまから死ぬつもりの人間が、嘘なんかつきますかいな」

「あのな……わしまだ覚えてるけど、垣沼の小指は強盗事件の翌日、つまり、四月二日の午前中に交番へ届けられたんや。そしてその翌日、四月三日の午前十時、垣沼家に電話がかかってきた。そこで垣沼は苦しそうに喘《あえ》いでいた。その声は録音されてる。四月二日の晩に死んだはずの人間が、なんで次の日の電話に出られるんや。……おまえの言いたいことは分っとる、垣沼の喘ぎをあらかじめテープに録《と》っといて、それを電話で流したと言いたいんやろけど、そうはいかんで。あの時の奥さんとのやりとり、わし、いまでもよう覚えとる。『垣沼です』、『庸子か、わしや……』、『あんた……あんたやね』、『わしは大丈夫や』、『あんた死なんといて』、『心配するな、必ず帰る』……あれは絶対にテープを操作した声と違う、生の声や、生きた人間の肉声や。奥さんとのやりとりにも、不自然なとこはなかった。……まだあるで。隣のおばさんや。あのあと、隣のおばさんがころがり込んできた。『庸子はん、大変や、ご主人からや、垣沼はんからやで』いうて大変な騒ぎやった。何ぼ電話やからいうて、隣の主人の声、聞きまちがえるはずない」

「………」私の理路整然たる追及に、相手は押し黙ったままだ。

「おまえ、ほんまは何者や、あの事件のこと、相当詳しく知っとるとこみると、全くの部外者でもないようや。さあ言え、おまえ、誰や」

私は腹にたまった疑問を、一気にぶつけた。

「あんた、まんざらあほでもないな。要点だけはしっかり押さえてる。わしもつい喋《しゃべ》りすぎた。……よっしゃ、分った、これでふんぎりがついた。わしの名前教えたろ、……わし、垣沼一郎や」

「………」あまりの驚きに二の句が継げない。今度は私が沈黙する。

「四月三日の十時、電話したのは確かにわしや。あいつを昏倒させて指切りとったのも、それを千里まで運んだのも、わし。死体から耳切りとったのも、車解体したのも、拳銃改造したのも、誘拐の案考えたのも、またそのための小道具揃えたのも、脅迫状書いたのも、何もかもわしや。わしがこの完全犯罪を遂行したんや。わしのこの頭で、わしのこの体で、実行したんや」

「そ、そやかて……死体の指紋は？」

それを言うのがせいいっぱいだった。立場が逆転している。

「指紋照合のための基本となったものは何や……よう考えてみい。庸子があんたと亀田とかいう刑事に渡した、わしの茶碗《ちゃわん》と電気カミソリやろ。わしの茶碗やからいうて、わしの指紋がついとるとは限らん。あれにはオオガキの指紋がついとったんや」

「オオガキのほんまの名前は」

「そんなこと言う必要ない。わしはあいつをドヤ街から拾てきて、第二工場の二階に、二、三日住まわせとった。わしの日用品のすべてを使わせてな……わしの仕組んだ一連の強盗誘拐劇の中で、いちばんの難点がここにあった。わしの指図どおりに踊って、そのあと自分の死体を提供する奴を探すことにあったんや。わしは、延べ一年も、ドヤ街をうろつきまわった。わしと同年輩で、同じ血液型で、前科のない人間。そうやろ、つまり、垣沼一郎の茶碗と電気カミソリについたオオガキの指紋は、当然の如く垣沼一郎の指紋として登録され、脅迫状の添え物として、また、死体確認のための最重要な資料として利用されるんやから、これだけは譲れんとこや。オオガキとわしの顔が似てる必要は全くない。眼を撃ち抜かれ、耳そがれ、小指の欠けた腐乱死体見て、誰が垣沼でないと判断できる。人間の顔いうのはその程度のもんなんや。他人と区別つけるために、首の上に乗ってるだけで、よほどの特徴でもない限り、鼻や唇の正確な形までは誰も覚えてへん。まして、眼鏡をかけてる人間がそれを外した時の顔いうのは、相当親しい人間にも想像できん。それができるのは死体を確認しに行った庸子だけや」

「くそっ、やっぱり庸子は……」

「そや、庸子はまがうことなきわしの共犯や。あいつがおったればこそ、あの犯罪が成就した。オオガキをうまいこと言いくるめて銀行強盗を承知させた時、わしの犯罪は九分どおり成功したんや。あとは敷いたレールの上を走るだけやった」

垣沼の謎解きを聞いていると、時間の経つのも忘れてしまう。パジャマを引かれてふっと下を見ると、美加が目をこすりながら立っている。私の声で目が覚めたのだろう。頭を撫《な》でてから、背中を軽く押してやる。それで気が済んだのか、自分の部屋に歩いて行った。

話を続ける。

「まだちょっと分らんことがある。くどいようやけど、四月三日の電話にはオオガキも出た。あれは……」

「あんた、さっき自分で謎解きしたやないか。あのオオガキの声こそ、テープから流れたもんや。確か『よっしゃ、もうええ、それくらいで上等や、おれの名前はオオガキや、覚えといてくれ』とだけ言うて、電話切れたはずや」

「それやったら、あのあと隣の家で神谷キャップと話したんはおまえか」

「そのとおり。あの神谷とかいうやつ、庸子に言わせたら、ほんまの能なしらしいな。あれだけ長々と取引方法や条件喋ったのに、まるで気がついとらん。ま、あの状況や、無理もないけどな」

「隣のおばさんにかけた二回目の電話はどうした。あの場合、おまえの声は使えん」

「あんたも細かいなあ、わしより細心や。『オオガキや、奥さん呼んでくれ』……と、これだけを声変えて言うのやからばれる気づかいはない」

「福洋相互銀行はどうや」

「支店長や次長とは話したことない。日頃会《お》うてるのは営業課長や」

「銀行で思い出したけど……三協銀行でのことや。おまえ、あの日、融資担当者をロビーで待ってたやろ。……もし担当者がおったらどないするつもりやった？」

疑問点が次々に浮かんできて間断するところがない。

「あんた、ほんまに細かいな。ネズミ年かいな……。わしのすることに手抜かりはあるかい。適当な名前使《つこ》うて担当者がおるかおらんか、いつ帰ってくるか、電話で訊いといた」

どこまでも油断がない。確かに類稀《たぐいまれ》なシナリオだ。

「庸子をいったん大阪駅東口前の電話ボックスに入れたんも、おまえの演出か」

「もちろんや」

「それで分った……おまえが最も重要視した条件は、金の運び役が庸子であることや。つまり、おまえには、人質の妻ではなく共犯者としての庸子が必要やったんや」

「ご明察」

「あれには完全に一ぱい食わされた。大阪駅東口前の歩道橋やビルから庸子を観とったに違いないと、我々は読んでた。そのために次の運び役が庸子になってしもた」

「あの演出は、わしの自慢や。あんたらがおとりを使うことは、最初から予期しとった」

「連絡にメモを多用した理由も分った。人質であるべきおまえが電話してはまずいからや」

「そのとおりや。理由はもうひとつある。サンロードからマンホールまで庸子を誘導するにあたっての証明を残しておきたかったんや。何もなかったら、庸子のあの不自然な動きを説明でききんし、あいつに嫌疑がかかる惧《おそ》れもある」

「何もかも予定どおり、いうことか。……アップルハウスはどうや、ただの気まぐれか」

「あれも予定の行動や。わしの計画に無意味なものはない。十時の電話から、金を受けとる予定の三時四十五分までの間、わしにはすることがようけあった。オオガキの死体から耳を切りとる、メモを再点検する、それを所定の場所に貼りつける、マンホールの蓋《ふた》めくってキャンバス立てる、ロープとかバッグの小道具セットする――と、せないかんことが山積してた。それに反して、あんたらにはわしからの指示があるまで何もすることがない。することないから、あれこれ考える。中にはきれる奴もおる……あとで聞いたけど、亀田とかいう刑事、ちょっとは頭の回転速いそうやないか。そんな奴にわしの計画を深読みさせんために、またあんたらを混乱させるために、わしはあえてアップルハウスに行ったんや」

テーブルに手を伸ばしてコップをとった。気が抜けてドロッと感じる液体を一気にあおる。何とも形容しがたい苦味が喉《のど》を刺した。

「下水道のからくり、何で知った？」

「あの事件の四年か五年前や。下水処理場の建設にあたって、江の木町一帯の下水管を新設したんや。工事用の部品、ほんのちょっとやけどわしのとこでも作ってたから、一、二回は現場へ届けたこともあった。現場監督との世間話で、あの下水管が第一沈澱池《ちんでん》に続いてることを知ったんや」

「カローラの解体といい、拳銃といい、自分の職業をフルに活用したな」

「それもわしの自慢や」

「オオガキの死体はどうした」

「においの広がらんように、ビニール袋に包んで、第二工場の貯蔵庫に十日ほど置いたあと、箕面の山に運んで埋めた」

「何ですぐに埋めんかった」

「そうくるやろと思た。あんたもあの神谷といっしょで鈍いとこがあるなあ。……考えてもみい、死体が早《は》よう見つかったら、都合がわるいやないか。死亡時刻が正確に分ったら、最初にかけた電話がふいになる。垣沼一郎は、少なくとも四月三日、午前十時までは生存してないとあかんかったんや。四月二日に死んだことが分ったら、このわしが犯人であることがばれてしまう。そのためには、死体を充分に腐らせておく必要がある。しかしまた、腐り切ってしもうてもあかん。指紋の検出ができんようになってしまう。死体が垣沼一郎であると認定されんことには、このわしが困る。垣沼一郎の死亡が確定された時、わしは自由になるんや。そうや……死体の発見者もこの私。垣沼一郎が垣沼一郎の死体を発見したんや」

得意気に解説する垣沼の口調が、私の神経を逆撫《さかな》でする。ヤツの鼻をへし折るべきだ。

「おまえ、すべてが計画どおりに運んだ思うてええ気になっとるけど、幸運にも恵まれたんやぞ」

「えっ……」と言って黙り込んだ。

「あの耳なあ、死んでから切りとったら、すぐ分るんや。凝血状態とか酵素活性を調べてな。検査の結果がもうちょっと早よう出とったら、あの金、よう奪《と》らんとこやったんやで」

「あほくさ。何を言うかと思たらそんなことか。鬼の首とったような口ぶりやないか……それくらいのこと、とっくの昔に承知してる。そのために、あんたらに時間を与えんよう、すぐ庸子のあと追わしたんやないか。確か、あんたらが耳を受けとってからわしに金奪られるまでに、一時間半もなかったはずや。それに、耳を送ったんは垣沼家やろ。検査道具も薬品もあらへんやないか。つまらんこと言うな」

ジャブを放ってストレートをもらった。話題を変える。

「まだ分らんことがある。赤いタオルや。オオガキ、赤いタオルを首に巻いてたやろ。何であんな目立つことした……あれも演出か？」

「そうや。新聞で読んだけど結構捜査陣を惑わしてたそうやな。ただし、あれだけはわしの考えやない。オオガキが提案しよったんや」

「少なからず効果はあったがな」

「あんなドロくさい仕掛けをこのわしが考えるはずがない。しかし、ま、評価はしてもええ」

あまりの長電話に、佐智子が寝室から顔をのぞかせた。手招きで呼ぶ。そばへ来たのを見計らって、二本の指を唇の前にかざした。佐智子がたばことライターを持ってくる。深く吸いつけてけむりを吐くと気分が整った。

「女房子供があって従業員も使うてるおまえが、何であんなことしでかした」

「銀行に一泡吹かせたかった……それに尽きる。わしは三協銀行のやり方に我慢がでけんかった。第一工場だけで充分やと渋るわしをおだてたりすかしたりして、むりやり第二工場建てさせておきながら、景気が悪うなって返済金が滞りだした途端、手のひら返したように責めよった。金持ってる者には愛想笑いと揉《も》み手で接するくせに、貧乏人には横柄な態度をとる。それが世の常やと言うてしまえばそれまでやが、その豹変《ひょうへん》ぶりがあまりにも露骨すぎる。わしは制裁を加えるべきやと決心したんや。事件の一年半くらい前から、うちは完全に行き詰まって、いつ倒れても仕方のない状態やったけど、執念で持ち堪《こた》えた。共犯者を探して誘拐劇を演じるまでは、何としてでも倒産したらあかんかったんや」

「何で?」

「あっさり倒産してしもたら、うちの財産を全部清算したところで借金が残る。わしの生きてる限りは債権者につきまとわれる。そやからいうて、わしが自殺しても保険金が入るだけ。これもおそらく借金の穴埋めに使われる。庸子と絢子には何も残してやることができん。要するに、債務者であるわしが死んで、なおかつ庸子と絢子に金残してやるためには、あの事件を打つほかなかったんや。オオガキには気の毒したけど、あれくらいの災難はどこにでもころがってる」

「一億円はどないした?」

「まだ一銭も遣《つこ》うてへん。債権者が押しかけて来んのやから遣う必要ないし、うかつに遣うこともできん。それに、事件後、第一工場のそばにはいつも警察官らしいのがおったがな。多分、亀田いう刑事やろ。やっぱり庸子は疑われとったらしいな。しかし、証拠といえるもんがないんやから手は出せんはずや」

マメちゃんの推論は正しかった。正しかったが賛同を得られなかった。上司の能力も低かった。あと一息、あと一歩まで迫っていたのに援軍をもらえず、刀折れ矢尽きてしまった。いまさら悔やんだところでどうしようもないが、悔やむ価値はある。

湯ざめしたのか鼻がむずむずする。足もくたびれてきた。そろそろ本筋に入ることにする。

「分った。おまえの言うことよう分った。おまえの知恵と実行力も充分理解した。こんな犯罪を地下に埋もれさせとくことはできん。そやから、おまえ、自首せい」

「あほぬかせ。わしは明日《あした》、死ぬんや」

「死ぬくらいなら自首したらええ。その方がましや」

「絢子がかわいそうや。犯罪者の両親持ったことになる」

「もうタネ明かしたんやからいっしょや。おまえが死んだところでこのわしが公表する」

「ほう、証拠もないのにそんなことよう言えるな」

「証拠は……ある」ゆっくり答えて、私はたばこを揉み消した。

「おもしろい、聞かせてもらおか」

「銀行強盗の時、血を抜いてビニール袋に詰めたとか言うてたな」

「ああ、言うた」

「オオガキとおまえの血液型は、確かに同じA型やけど……血液型いうもんはそれだけと違うんや。警察はABO式のほかに、MN式いうのも同時に検査するんや。そやから、銀行に残したおまえの血の鑑識検査の結果と、オオガキを解剖したときの鑑定書を詳細に照合してみたら、明らかにこれは同一人物でないと分る。つまり、おまえが犯人であることが分るんや」

「あんたもめでたいお人やな。そんなことは百も承知や。最初の説明で垣沼が血を抜いたいうの嘘やがな。あれはオオガキの血を抜いたんや。『わし貧血症やから、血抜いたらほんまに倒れるかも知れん。幸い同じ血液型やから、おまえ抜いてくれ』言うたら、オオガキ、何の疑いもなく抜きよった。ま、元々あんまり血の巡りのええ奴やなかったけど……」

私の指摘のすべてに対して回答が用意してある。斬り込むすきがない。

最後の切り札を出す。

「証人がおる。垣沼庸子という立派な共犯者が」

「あんた、ほんまに鈍いんやな、庸子がおったら、こんな電話するか」

「ええ……」

「そうや、そのとおりや、庸子はもうこの世にはおらん」

「おまえ、女房まで殺したんか」

「殺してへん。死んでしもたんや。自殺したんや。……くそったれ、絢子まで道連れにしよった。何や胸さわぎがするよって来てみたら、二人とも死んでしもとるんや……」

垣沼の声がかすれて声が震え始めた。「事件のあと、庸子は鉄工所たたんで、絢子を連れて愛媛の実家へ帰った。あんた知ってるやろ」

「ああ、知ってる」

「実家、あんまり裕福やないから、庸子は近くにアパート借りてタオル工場で働き始めた。見舞金や義捐金《ぎえんきん》、それに銀行で奪《と》った四百万円は解雇した従業員に支払《しはろ》うたから、生活は逼迫《ひっぱく》してたんや。わしも近くのパチンコ屋に人相変えて住み込みで勤めた。たまには、絢子が眠るのを待って寝顔見に行くんや。明け方になると、田舎道をとぼとぼ歩いて帰る。そんな生活が三年も続いた。絢子ももう小学校二年や。運動会や学芸会いうても、物陰からじっとあいつを見とるだけや。わしは生きとるんや、お父さんは元気やで、と叫んで絢子をこの腕で抱きしめたいと何度思うたか知れん。家族がひとつ屋根の下で暮らされへんのや。……こんな情ないことあるか。いま思えば、事件起こす前の方が幸せやったような気がする。金には困ってたけど、誰はばかることなく生きていけた。わしも庸子もあほやったんや。銀行への恨みで前後の見境なくしてしもたんや。犯罪いうのは割に合わんもんやとつくづく思う。わしら、犯罪には成功したけど生きようを誤ったと言える。

庸子はわし以上に疲れてた。朝の早《は》ようから夜遅うまで働いても、収入はたかが知れてる。たまの休みに絢子連れて外へ出ても、田舎のことや、あれがあの垣沼の奥さんやと噂の種にされる。えろう大変でしたね、というその言葉の裏に、あけすけな好奇心が見えてる。わしという夫がいるのに、会えるのは夜中だけ。それも絢子が目を覚まさんかとビクビクしながらやから、大きな声で愚痴もこぼせん。結局、どこへ行っても、あいつには人目を気にする生活がついてまわるんや。庸子はこの間から、わしと会う度に、死にたい、死にたいと洩《も》らしてた。それが案の定、このザマや。わしも死ぬ。庸子と絢子が待っとるから早よう行ったらんと……。

明日の新聞、楽しみにしといてくれ。予讃《よさん》本線で中年男の飛び込み自殺があるはずや。身元が分らんようにバラバラになって死んだる。ま、全国版には載らんと思うけど……。

ああ、これでスッキリした。誰かにわしのこの気持ち、聞いて欲しかったんや。あんたにも子供いてるやろから共感するとこあるやろ。これで心置きなく死ねる。今度こそ、ほんまの垣沼一郎が死ぬ。二度目のお別れや」

「ちょっ、ちょっと待て」

「何や、くどいで」

「一億円は？」

「あんなもん、犬にでもくれてやる。元はと言えば、あの金のために、わしのかけがえのないものを失くしてしもたんや。あんた、欲しいのなら探してみたらええがな。長い間のご清聴、感謝します。それでは……」

「待て、待たんかい」

「あ、そや、忘れてた。あの赤い三輪車なあ、あれ、絢子のんや……」

# 解説

行司《ぎょうじ》千《ち》絵《え》（京都新聞記者）

黒川博行《くろかわひろゆき》さんを最初にインタビューした日のことは、今も忘れられない。『破門』で直木賞を受賞された直後の2014年9月。受賞第1作となる『後妻業』についてのお話をうかがおうと、大阪府内にある自宅を訪ねた。

6度目のノミネートで『破門』が直木賞に選ばれた時、選考委員の一人である伊集院《いじゅういん》静《しずか》さんが黒川さんを「ナニワの読み物キングにようやく春が来た」と称賛したが、まさに熟練したベテラン作家で、時の人。玄関前にたどり着いた時は、超ドキドキだった。

チャイムを押そうとした途端、黒川さんご本人が扉を開けて登場した。鮮やかなコーラルピンクのポロシャツにグレーのズボン、素足にサンダルと超ラフな格好だった。

「あ、あの、京都新聞の記者で行司と申します。今日、取材をお願いしておりましたが……」

「あ、そうでしたか、出かけようと思ってました。入ってください」

黒川さんはきびすを返して、玄関脇の部屋へ入っていった。

え？　用事はかまへんの？

も、も、もしかして取材の約束、忘れてはったっ??

導かれるように上がり込んで、さらに驚いた。十畳ほどの洋間は家具が置かれておらず、がらんとしているのだけれど、資料やら何やらが乱雑に置いてある。部屋の真ん中あたりに黒川さんは座り込んでから言った。

「どうぞ座ってください。そうやな、これ、机にしとこか」

近くにあった段ボール箱（たしかミカン箱）をひょいとひっくり返し、私との間に置いた。

玄関で出会ってわずか3分。この一連の出来事で、私は一気にリラックスした。直木賞受賞関連の原稿依頼などで忙殺されていた時期なのに、作家先生然とは全くしていなくて、とても気さくな方だったのだ。

段ボール箱を間に挟んで約40分間、お話をうかがった。資産狙いで高齢男性の後妻になる女を描いたのは、身近にある犯罪に対する警鐘を込めたこと。これまでの作品同様、徹底的に調査・取材をし、95％本当のことを書いたこと（出版前に専門家の監修を受けたが、指摘は全く受けなかったそうだ）。シャイなのに、包み隠さず正直に話す。その人柄と作品世界に、私はすっかり引き込まれた。

産業廃棄物の処分場建設にむらがる金の亡者、薬物捜査官の実態、芸術院会員選挙の内幕――。黒川さんがこれまでミステリーやハードボイルド作品で描いてきたのは、地を這《は》いずり回り、欲望をむき出しに泥臭く生きる人々の姿だ。光を当てるのは、いずれも社会の裏側や闇。登場人物は正義を振りかざすことはなく、善人からはほど遠い。目先の権力や利益にしがみつき、時には不正や暴力もいとわない。

そんなワルい人たちがうごめく世界なのに、いったん手に取ると、重厚な物語世界のとりこになって夢中で読んでしまう。吸引力の一つが、『後妻業』でも発揮された徹底的な調査と取材力。現代社会が抱えている問題や裏社会が赤裸々に書かれてあるので、「こんなことが起きてるんか！」と興味津々でページを繰ってしまうことになるのだ。

さらに忘れてならないのが、キャラクターの魅力だ。黒川作品のギモとも言えるリアルな関西弁による会話劇から見えるのは、小ずるくて、したたかさ満載の市井の人たち。でも根底にはユーモアや哀愁が漂って、なんだか憎めない。読了後には、現代社会を見る目も変わっていて「あの出来事の背後には、こんな人たちが暗躍しているんやろな」とまで思える、何とも上質なエンターテインメントなのだ。

今回が3回目の文庫化になる『二度のお別れ』は、そんな黒川さんのデビュー作にあたる。１９８３年、第1回サントリーミステリー大賞で佳作に入った。

投稿のきっかけは、雑誌で賞の創設を知ったこと。黒川さんは当時、高校の美術教諭だった。ちょうどその年の夏休みに限って予定がなく、40日間で約４００枚の原稿を執筆。人生で初めて書いた小説で、作家の道を切り開いた。

事件は、新大阪《しんおおさか》駅近くにある銀行の支店で起こる。ピストルを持った男が押し入り、現金約400万円を奪ったうえに、客の一人を人質として逃走した。男は後日「金額不足だ」と主張して、人質の身代金として1億円を要求する。金の受け取りを巡って巧妙に方法を変えてくる犯人に対し、知恵を総動員する黒田憲造《くろだけんぞう》&マメちゃんこと亀田淳也《かめだじゅんや》の〝黒マメコンビ〟ら、大阪府警捜査一課の刑事たち。スピーディーでスリリングな攻防戦が楽しめるミステリー作品だ。

物語が描かれた時代は、高度成長期とバブル景気のちょうど狭間《はざま》にあたる。右肩上がりのイケイケ時代とは一転して、世界的な経済不況の影響も受け、国内では重苦しい空気が漂っていた。暴走族や校内暴力などの少年非行が増加。倒産や借金にあえぐ人は多く、一攫千金《いっかくせんきん》を狙って、金融機関を対象とした強盗事件や身代金目的の誘拐事件が多発した。作中でも触れられた三菱銀行人質事件は1979年1月に起きた。猟銃を持った30歳の男が大阪市内の支店に押し入り、客と行員37人を人質に42時間籠城《ろうじょう》。警官と行員計4人を射殺し、行員を〝人間の盾〟にするなどの残忍さで、社会を震撼《しんかん》させた。

『二度のお別れ』も、銀行強盗や人質を題材に捜査の過程を丁寧に描いているけれど、どこか軽妙でユーモラスなのだ。34年前に書かれた作品なので、ほぼ全員がスマートフォンや携帯電話を持っている今とは違って、犯人からの連絡方法は固定電話や手紙で、アナログ的な感じさえする。でも、物語自体は時代の違いを全く感じさせず、むしろ夢中で読める。それはひとえに黒マメコンビをはじめとする登場人物が人間味にあふれているからだろう。

黒さんこと、黒田は30代。誘拐事件を担当するのも、犯人との取引現場に居合わせるのも初めてで「刑事冥利《みょうり》につきる」と思うけれど、捜査に忙殺されて体はもうヨレヨレ。帰宅はままならず、かわいい盛りである5歳の娘とも、しばらく会えてはいない。

20代のマメちゃんは、色黒で童顔、背が低くてコロコロとした体形の持ち主。陽気な性格だが、マシンガントークを炸裂《さくれつ》させ、時には奇抜とも思える持論も展開する。

事件解決を願う二人。でも正義感一本だけで突き進まず、関西人が日々欠かせない笑いのユーモアをまぶしながら愚痴や文句を盛んにこぼす。例えば、深夜に被害者宅へ向かう二人が車中で夜食と思《おぼ》しきサンドイッチを食べながら会話をする場面。まずはマメちゃんから。

「呑《の》んで、歌《うと》うて、ホステスの尻《しり》さわって、騒ぐだけ騒いで、あとはタクシーのうしろにふんぞり返っとったら、家まで連れて帰ってくれる。普通のサラリーマンが羨《うらや》ましいですなあ。ぼくら、ろくに眠りもせんと朝の早《は》ようから働いて……こんな味気ないもん食うて、その上、まだこれから働かんといかん……因果な商売に首つっこんでしもたもんや。時々ほんまに嫌になることありまっせ。黒さんそんな気になることありませんか」

「ある、ある、いつでもそうや。わし、いままで何回転職考えたか分らへん。うちの嫁はんは、うだうだと文句ばっかり言いよるし、子供ともめったに遊んでやられへんし……

もうほんまに何でこんなことせないかんのやろといつも思う。せやけど、わしももう若《わこ》うないから、そうそう大きな変化を求めることできへんし、結局、しんどい、しんどい言いながら、一生この調子やないかいなと考えてる」

描かれた時代は違っていても、生きづらさにおいては、びっくりするぐらい今と変わらない。仕事や日々の厳しさを吐露する二人に共感できるし、次第に捜査を追体験している気持ちにまでなる。デビュー作ですでに黒川作品の特徴が輝きを放っていることに驚かされるけれど、この作品以降も『雨に殺せば』『八号古墳に消えて』と、黒マメコンビがシリーズ化されていることが、黒川さんの実力を何より証明しているのだろう。

　犯人と警察との攻防戦があまりに秀逸で、刊行前後に起きたグリコ・森永事件と似ていることから、黒川さんが犯人との関係を警察から疑われてしまう事態にまでなった『二度のお別れ』。あっと驚くトリックも用意されているが、これを思いついたのは20代の5年間に、古今東西の推理小説を乱読したことによるそうだ。現代のミステリー界は、幻想系や読んで嫌な気持ちになる〝イヤミス〟など何でもありの百花繚乱《ひゃっかりょうらん》。だが当時は「現実的に解決する」などの暗黙ルールがあった。推理小説の定義は今よりもずっと狭く、アガサ・クリスティやエラリー・クイーンなどの英米本格ミステリー、松本清張《まつもとせいちょう》氏など犯罪の背景に社会を見る社会派ミステリーや西村京太郎《にしむらきょうたろう》氏の鉄道ミステリー、赤川《あかがわ》次郎《じろう》氏の三毛猫ホームズシリーズなどが人気で、新本格ミステリーブームの前段となる島田荘司《しまだそうじ》氏がデビューした時代だった。黒川さんはいくつも名作を読むうちに「人を殺すのに、なんでこんな七面倒くさいことをするのかな」と疑問が湧いたという。「自分なら……」と、唯一思いついたのがこのトリックだった。

事件の真相は最後の最後まで分からず、本当に面白い。でも最終章に関しては正直、「えっ、この手アリ？」と思ってしまった。先日、黒川さんと話す機会があり、その話題に及ぶと、思わぬ告白が。

「自分でもちょっと……と思います。締め切りが8月31日だったので、あのような終わり方に強引にしてしまった」

同時にこんなことも。

「警察のことも詳しく書けてはいないんです。あれほどの事件だったら捜査員300人ほどを出すと思うけれど、物語では捜査一課のみ。それに捜査をする時、いずれも捜査本部の黒マメがコンビを組んでいるけれど、本来なら府警本部の捜査員と所轄署の捜査員がペアを組むので、ありえない」

課題を見つめ、次作に生かす。闇の世界の人たちにも地道に取材し、物語を補強する。その積み重ねがあるからこそ、今の黒川さんがあるのだろう。でも、ナニワの読み物キングはおごらない。

「努力は作家のみんながしています。それが結果として出るのは、運としか僕は言いようがない。作家は自ら売り込みをしないし、出版社からの注文が途絶えるとしたら、それは読者が離れたからであって、この世界から退場せえということ。プロの作家で『書くのが楽しい』と話すのは5人に1人くらいとちがいますか。みんな『つらい、つらい』と言っているし、僕もつらいです」

黒川さんがデビューした33年前と違って、毎年膨大な数の作家がデビューしている。文学賞は無数に創設されているし、インターネットの登場で小説家志望者がいとも簡単に自作を小説投稿サイトで発表できるからだ。競争の極めて厳しい世界で、黒川さんにしか描けない物語が途切れることなく紡がれていることに、尊敬の念を抱かずにはいられない。

表紙絵の多くを手がける妻の雅子《まさこ》さんの存在も、やはり大きい。黒川さんが『二度のお別れ』を書き始めて1週間、創作の難しさを痛感。「書くのを止める」と言い出した時、雅子さんはこう言ったそうだ。

「『書く』と言ったのなら、最後までしなさい」

その言葉に押され、黒川さんは再び筆を握り、原稿を完成させた。

本書は二〇〇三年九月、創元推理文庫より刊行されました。
作中に登場する人名・団体等は、すべてフィクションです。
また、事実関係は執筆当時のままとしています。

# 二《に》度《ど》のお別《わか》れ

## 黒《くろ》川《かわ》博《ひろ》行《ゆき》

平成29年 10月25日　初版発行
令和６年 11月15日　７版発行

発行者●山下直久

発行●株式会社KADOKAWA
〒102-8177　東京都千代田区富士見2-13-3
電話　0570-002-301（ナビダイヤル）

角川文庫 20579

印刷所●株式会社KADOKAWA
製本所●株式会社KADOKAWA

表紙画●和田三造




ISBN978-4-04-105942-5　C0193

# 角川文庫発刊に際して

角川源義

第二次世界大戦の敗北は、軍事力の敗北であった以上に、私たちの若い文化力の敗退であった。私たちの文化が戦争に対して如何に無力であり、単なるあだ花に過ぎなかったかを、私たちは身を以て体験し痛感した。西洋近代文化の摂取にとって、明治以後八十年の歳月は決して短かすぎたとは言えない。にもかかわらず、近代文化の伝統を確立し、自由な批判と柔軟な良識に富む文化層として自らを形成することに私たちは失敗して来た。そしてこれは、各層への文化の普及滲透を任務とする出版人の責任でもあった。

一九四五年以来、私たちは再び振出しに戻り、第一歩から踏み出すことを余儀なくされた。これは大きな不幸ではあるが、反面、これまでの混沌・未熟・歪曲の中にあった我が国の文化に秩序と確たる基礎を齎らすためには絶好の機会でもある。角川書店は、このような祖国の文化的危機にあたり、微力をも顧みず再建の礎石たるべき抱負と決意とをもって出発したが、ここに創立以来の念願を果すべく角川文庫を発刊する。これまで刊行されたあらゆる全集叢書文庫類の長所と短所とを検討し、古今東西の不朽の典籍を、良心的編集のもとに、廉価に、そして書架にふさわしい美本として、多くのひとびとに提供しようとする。しかし私たちは徒らに百科全書的な知識のジレッタントを作ることを目的とせず、あくまで祖国の文化に秩序と再建への道を示し、この文庫を角川書店の栄ある事業として、今後永久に継続発展せしめ、学芸と教養との殿堂として大成せんことを期したい。多くの読書子の愛情ある忠言と支持とによって、この希望と抱負とを完遂せしめられんことを願う。

一九四九年五月三日

# 角川文庫ベストセラー

海の稜線　黒川博行

大阪府警の刑事コンビ〝ブンと総長〟は、東京からやってきた新人キャリア上司に振り回される。高速道路での乗用車爆破事件とマンションで起きたガス爆発。2つの事件は意外にも過去の海難事故につながる。

アニーの冷たい朝　黒川博行

若い女性が殺された。遺体は奇抜な化粧を施されていた。事件は連続殺人事件に発展する。大阪府警の刑事・谷井は女性の恋心を弄ぶ詐欺師の男にたどり着く。刑事の執念と戦慄の真相に震えるサスペンス。

ドアの向こうに　黒川博行

腐乱した頭部、ミイラ化した脚部という奇妙なバラバラ死体。そして、密室での疑惑の心中。大阪で起きた2つの事件は裏で繋がっていた？　大阪府警の〝ブンと総長〟が犯人を追い詰める！

絵が殺した　黒川博行

竹林で見つかった画家の白骨死体。その死には過去の贋作事件が関係している？　大阪府警の刑事・吉永は日本画業界の闇を探るが、核心に近づき始めた矢先、更なる犠牲者が！　本格かつ軽妙な痛快警察小説。

ダリの繭《まゆ》　有栖川有栖

サルバドール・ダリの心酔者の宝石チェーン社長が殺された。現代の繭とも言うべきフロートカプセルに隠された難解なダイイング・メッセージに挑むは推理作家・有栖川有栖と臨床犯罪学者・火村英生！

# 角川文庫ベストセラー

眠たい奴ら　新装版　大沢在昌

破門寸前の経済やくざ高見は逃げ込んだ温泉街で警察嫌いの刑事月岡と出会う。同じ女に惚れた2人は、政治家、観光業者を巻き込む巨大宗教団体の跡目争いの渦中へ……はぐれ者コンビによる一気読みサスペンス。

冬の保安官　新装版　大沢在昌

ある過去を持ち、今は別荘地の保安管理人をする男。冬の静かな別荘で出会ったのは、拳銃を持った少女だった（表題作）。大沢人気シリーズの登場人物達が夢の共演を果たす「再会の街角」を含む極上の短編集。

らんぼう　新装版　大沢在昌

巨漢のウラと、小柄のイケの刑事コンビは、腕は立つがキレやすく素行不良、やくざのみならず署内でも恐れられている。だが、その傍若無人な捜査が、時に誰かを幸せに……？　笑いと涙の痛快刑事小説！

ジャングルの儀式　新装版　大沢在昌

ハワイから日本へ来た青年・桐生傀の目的は一つ、父を殺した花木達治への復讐。赤いジャガーを操る美女に導かれ花木を見つけた傀は、権力に守られた真の敵を知り、戦いという名のジャングルに身を投じる！

ドミノ　恩田陸

一億の契約書を待つ生保会社のオフィス。下剤を盛られた子役の麻里花。推理力を競い合う大学生。別れを画策する青年実業家。昼下がりの東京駅、見知らぬ者同士がすれ違うその一瞬、運命のドミノが倒れてゆく！

# 角川文庫ベストセラー

## 暗躍捜査　警務部特命工作班
末浦広海

不祥事に絡んだ警察官を調査し、事件を極秘裏に処理することを任務とする、警務部特命工作班。工作班の岩永は、警察内部から流出した可能性のある覚醒剤が原因で起きた通り魔殺人の捜査に乗り出すが——。

## 雪冤
大門剛明

死刑囚となった息子の冤罪を主張する父の元に、メロスと名乗る謎の人物から時効寸前に自首をしたいと連絡が。真犯人は別にいるのか？　緊迫と衝撃のラスト、死刑制度と冤罪に真正面から挑んだ社会派推理。

## 罪火
大門剛明

花火大会の夜、少女・花歩を殺めた男、若宮。被害者の花歩は母・理絵とともに、被害者が加害者と向き合う修復的司法に携わり、犯罪被害者支援に積極的にかかわっていた。驚愕のラスト、社会派ミステリ。

## 確信犯
大門剛明

かつて広島で起きた殺人事件の裁判で、被告人は真犯人であったにもかかわらず、無罪を勝ち取った。14年後、当時の裁判長が殺害され、事態は再び動き出す。事件の関係者たちが辿りつく衝撃の真相とは!?

## 獄《ひとや》の棘《とげ》
大門剛明

新米刑務官の良太は、刑務所内で横行する「赤落ち」と呼ばれるギャンブルの調査を依頼される。ギャンブル調査をきっかけに、いじめや偽装結婚など、刑務所内にはびこる闇に近づいていく良太だったが——。

# 角川文庫ベストセラー

**偽文士日碌**　筒井康隆

後期高齢者にしてライトノベル執筆。芸人とのテレビ番組収録、ジャズライヴとSF読書、美食、文学賞選考の内幕、アキバでのサイン会。リアルなのにマジカル、何気ない一コマさえも超作家的な人気ブログ日記。

**19歳**　一家四人惨殺犯の告白　永瀬隼介

92年に千葉県で起きた身も凍る惨殺劇。虫をひねり潰すがごとく4人の命を奪った19歳の殺人者に下された死刑判決。生い立ちから最高裁判決までを執念で追い続けた迫真の事件ノンフィクション！

**閃光**　永瀬隼介

3億円強奪——。34年前の大事件は何故に未解決に終わったのか。全国民が注視するなか、警察組織はいかなる論理で動いていたのか？　大事件の真相を炙り出す犯罪小説の会心作。

**疑惑の真相**　「昭和」8大事件を追う　永瀬隼介

三億円事件で誤認逮捕された男の悲劇、丸山ワクチンは何故認可されなかったのか。疑惑の和田臓器移植の新証言など、昭和の8つの未解決事件と封印された真相を炙り出す、衝撃のノンフィクション。

**狙撃**　地下捜査官　永瀬隼介

警察官を内偵する特別監察官に任命された上月涼子は、上司の鎮目とともに警察組織内の闇を追うことに。やがて警察庁長官狙撃事件の真相を示すディスクを入手するが、組織を揺るがす陰謀に巻き込まれ!?

# 角川文庫ベストセラー

今夜は眠れない　宮部みゆき

中学一年でサッカー部の僕、両親は結婚15年目、ごく普通の平和な我が家に、謎の人物が5億もの財産を母さんに遺贈したことで、生活が一変。家族の絆を取り戻すため、僕は親友の島崎と、真相究明に乗り出す。

夢にも思わない　宮部みゆき

秋の夜、下町の庭園での虫聞きの会で殺人事件が。殺されたのは僕の同級生のクドウさんの従妹だった。被害者への無責任な噂もあとをたたず、クドウさんも沈みがち。僕は親友の島崎と真相究明に乗り出した。

あやし　宮部みゆき

木綿問屋の大黒屋の跡取り、藤一郎に縁談が持ち上がったが、女中のおはるのお腹にその子供がいることが判明する。店を出されたおはるを、藤一郎の遣いで訪ねた小僧が見たものは……江戸のふしぎ噺9編。

ブレイブ・ストーリー（上）（中）（下）　宮部みゆき

亘はテレビゲームが大好きな普通の小学5年生。不意に持ち上がった両親の離婚話に、ワタルはこれまでの平穏な毎日を取り戻し、運命を変えるため、幻界〈ヴィジョン〉へと旅立つ。感動の長編ファンタジー！

鬼の跫音　道尾秀介

ねじれた愛、消せない過ち、哀しい嘘、暗い疑惑——。心の鬼に捕らわれた6人の「S」が迎える予想外の結末とは。一篇ごとに繰り返される奇想と驚愕。人の心の哀しさと愛おしさを描き出す、著者の真骨頂！

# 角川文庫ベストセラー